L'EXTRAORDINAIRE MARCEL

Carole Deschamps
Avec la participation d'Olivia Karam

L'EXTRAORDINAIRE MARCEL

Flammarion

ISBN : 978-2-0814-8573-0

À mes enfants, Marcel et Basile.
Au(x) prochain(s), qui viendra(ont)
agrandir notre famille.

Aux futurs parents d'enfants
extraordinaires, j'aimerais dire :
si cet enfant est là, c'est que vous êtes
une belle et bonne famille.
Ayez confiance en vous et tout ira bien !

Préface

Stéphanie Pillonca

Toutes les mamans sont des héroïnes, des guerrières, des méritantes et des femmes exceptionnelles…

Mais il existe sur cette terre des mamans particulières, des mamans avec un petit truc en plus, quelque chose d'imperceptible, d'indescriptible, mais quelque chose de fort, de puissant qui nous transperce et nous touche en plein cœur.

Ces mamans sont celles qui ont donné vie à des enfants porteurs de trisomie 21 et qui veillent sur eux au quotidien avec dévouement et abnégation. Je les connais bien ces mamans-là, souvent j'ai eu la chance de les rencontrer, de les interviewer pour mes films en lien avec ce handicap. Au-delà de leur courage et de leur force, brille en elles une flamme irradiante qui nous réchauffe et nous éclaire. Ces mamans sont des phares qui nous guident dans nos vies de mères, elles nous montrent sans détour le chemin de l'amour. L'amour vrai avec un grand A, celui qui va au-delà des ombres et des entraves, au-delà des codes, des exigences et de l'ordre établi, celui qui invite à aimer follement et inconditionnellement malgré ou plutôt… grâce à la différence. Ces mères ont traversé les déserts, grimpé les monts, serré les poings, mais jamais la garde elles ne baissent, ce sont des remparts, des femmes debout, dignes et valeureuses.

Que je les aime ces mamans-là ! Elles me touchent et m'impressionnent, car humblement, elles nous enseignent et nous accompagnent sur le chemin souvent surprenant, parfois aride et sinueux de nos propres vies de mamans…

Nous nous devons de les remercier pour la joie, l'amour et la lumière qu'elles nous offrent dans leur témoignage de vie, qui invite à grandir et réfléchir, nous donne des forces, et l'envie de croire encore en l'humanité de notre monde…

Marcel, c'est moi

Salut tout le monde,

Je me présente vite fait, je m'appelle Marcel et je suis né à Rennes, le 6 novembre 2015. Tout le monde dit que je ressemble beaucoup à mes parents. Apparemment, j'ai le regard de mon père. Sa douceur et la forme de ses yeux, notamment. Quant au caractère… ce serait plutôt celui de ma mère : bien trempé ! J'aime jouer avec mes copains, à l'école ou au parc, et quand je veux quelque chose (ou quand je ne veux pas), je sais très bien me faire comprendre et charmer mon monde avec mes yeux espiègles et mon sourire.

J'adore faire des surprises. La première, c'était le 5 novembre 2015 vers 22 h 45, quand ma mère a perdu les eaux après seulement cinq contractions et au beau milieu d'une « baby shower ». Jamais cette petite fête prénatale n'aura aussi bien porté son nom, n'est-ce pas ? Je peux vous dire que Papa et les copines de Maman s'en souviendront longtemps, de cette surprise !

La deuxième est venue seulement quelques heures plus tard, dans la nuit, quand j'ai pointé le bout de mon nez après dix petites minutes de travail, et surtout cinq semaines d'avance sur le timing prévu.

La troisième, et sans doute la plus grande, est arrivée le même jour, vers 18 heures, quand les doutes de mes parents ont été confirmés par le médecin : depuis huit mois, j'avais réussi à garder secret mon troisième chromosome 21…

Mes parents, ma famille au grand complet et l'ensemble des amis de Papa et Maman sont passés par toutes les émotions, à la suite de cette grande nouvelle. L'incompréhension, la peur, le doute, la tristesse, la colère, la jalousie, le désarroi… Mais c'est l'amour, depuis ce jour-là, qui a toujours pris le dessus.

Je pense d'ailleurs recevoir au moins vingt et une fois plus d'amour, de bisous, de câlins, de sourires et d'attention que si j'avais été un petit garçon ordinaire.

Papa + Maman = Marcel

Mes parents se sont connus en 2004 mais il leur a fallu huit ans pour tomber amoureux : on peut dire qu'ils ont pris tout leur temps !

Je m'appelle Carole. Née en 1985, j'ai deux petits frères que j'adore et avec lesquels j'ai énormément ri lorsque nous étions enfants. Autant que nous nous sommes disputés… Plutôt garçon manqué que petite princesse, j'ai passé mon enfance à faire du vélo ou du roller dans le jardin, à sauter dans les flaques d'eau telle Mimi Cracra, l'héroïne de mes jeunes années, et à inventer mille bêtises avec mes frères. Mes jambes étaient couvertes de bleus et de bosses, preuves de mon intrépidité et de ma maladresse légendaire.

En classe, je faisais partie des élèves qui rougissaient lorsqu'on les interrogeait, mais qui rigolaient de bon cœur à chaque pitrerie d'un camarade. Je prenais en grippe mes professeurs quand ils notaient dans mon carnet « pas assez de travail à la maison », alors que je passais des heures chaque soir le nez dans mes cahiers pour obtenir des résultats moyens, certes, mais toujours suffisants pour passer dans la classe supérieure.

Après mon bac, peu confiante dans mes capacités et ne me trouvant sans doute pas aussi douée que mon père, graphiste, pour oser me lancer à mon tour dans un métier artistique, je me suis orientée vers un autre domaine qui me plaisait, les langues étrangères. Ensuite, et même si je sais qu'il n'est pas bon de vivre avec des regrets, chaque année, au moment de m'inscrire à la prochaine étape de mon cursus universitaire puis dès que j'ai intégré un nouveau job, j'ai hésité à changer de voie. Je rêvais au fond de moi depuis toujours d'une carrière artistique : graphiste, architecte, styliste, designer, professeure d'arts plastiques, comédienne… Mais chaque fois que cette idée émergeait, je me résignais, pensant qu'il était « trop tard » pour tout recommencer à zéro et reprendre des études.

Autant les cours d'anglais avaient été un désastre au collège – j'exagère à peine –, autant la découverte de l'italien fut pour moi une révélation. Si je ne devenais pas prof d'arts plastiques, *allora sarei professoressa d'italiano* (alors je serais prof d'italien). Cette envie d'enseigner me venait de ma mère, professeure des écoles.

Dès mon entrée à l'université de Rennes-II en 2003, en Langues étrangères appliquées, j'ai découvert la liberté. Les cours étant dispensés de façon aléatoire chaque semaine, je commençais à mentir à mes parents sur mon emploi du temps et passais plus de temps à la cafétéria de la fac (puis au bar du coin...) qu'à la bibliothèque universitaire. C'est à ce moment-là que j'ai rencontré Jérémy, mon premier petit ami, et découvert les soirées étudiantes.

Sans surprise – sauf pour mes parents qui sont tombés des nues en découvrant mon « absentéisme » en forme de jolis zéros à mes partiels –, j'ai loupé mon premier semestre, avant d'entamer le deuxième qui ne fut pas plus brillant compte tenu des grèves à répétition qui bloquaient l'université.

Fortement encouragée par mes parents à la fin de cette première année lamentable, je me suis décidée à reprendre mes études en main et à m'inscrire en BTS Assistant manager trilingue.

Au bizutage bon enfant de la rentrée de septembre 2004, en scrutant les visages de celles et ceux avec qui j'allais passer les deux prochaines années, mon regard s'est arrêté sur Sylvain. Il m'a plu d'emblée. Son sourire, ses petites fossettes qu'on devinait quand il parlait, son air timide, son style... Je ne crois pas avoir eu l'occasion de lui adresser la parole ce jour-là, mais j'ai eu un coup de cœur. Ou peut-être un coup de foudre. Je ne sais plus. Mais ce fut le début d'une belle histoire.

Grâce à un projet professionnel que nous devions effectuer pendant le premier trimestre – que j'aurais dû mener avec une camarade qui m'a fait faux bond : merci ! –, je me suis retrouvée chaque mardi après-midi d'octobre à décembre avec Sylvain.

Nous prêtions main-forte à l'association Bruit de Lire pour l'organisation de l'événement incontournable des jeunes lecteurs que nous n'étions pas : le prix Goncourt des lycéens.

Ces moments privilégiés nous ont permis de faire rapidement connaissance, de débattre de tout et de rien pendant des heures, de nous découvrir des points communs et de partager des fous rires mémorables. Une belle complicité est née entre nous ; je crois que déjà à ce moment-là j'aurais bien aimé que nous passions d'amis à amants, mais nous avions tous les deux quelqu'un dans notre vie et nous sommes restés de simples copains tout au long de l'année. (Je peux l'avouer aujourd'hui, je lui ai fait des avances à plusieurs reprises, en soirées, qu'il a toujours élégamment repoussées !)

En juin, Sylvain a choisi de ne pas poursuivre ce cursus qui ne lui convenait finalement pas, et il a quitté Rennes pour Saint-Malo. J'étais triste, mais, au bénéfice d'un stage de trois mois à Salerne, en Italie, la déception de ne pas le retrouver à la rentrée de septembre s'est estompée.

J'avais vécu de nouvelles expériences, découvert un nouveau pays, amélioré cette langue que j'aimais tant. Je m'étais séparée de Jérémy, aussi, et j'aspirais même à quitter Rennes après mon BTS pour m'installer en Italie, attirée par la *dolce vita*.

En deuxième année, entichée d'un autre garçon, Jérôme, mon projet de partir vivre en Italie a été remisé au placard. Mon BTS en poche, j'ai enchaîné avec une licence professionnelle en ressources humaines en alternance dans une entreprise en vue, et très vite décroché après mon diplôme un premier poste à responsabilité en CDI.

Un parcours universitaire quasi sans faute couronné par le Graal ? Pas vraiment... Je me souviens surtout que j'enviais mes copines qui partaient à l'étranger pour des jobs saisonniers, vivaient au soleil, bossaient dans des bars, parlaient anglais, espagnol ou italien. Cette voie trop sérieuse dans laquelle je m'étais engagée ne collait ni à mes envies ni à mon caractère. En septembre 2008, j'ai tout quitté pour suivre Jérôme à Berlin et tenter de vivre une « vraie » aventure.

J'ai donc passé l'année de mes vingt-trois ans dans un pays dont je ne connaissais pas la langue. Après les premiers mois d'hiver compliqués pendant lesquels j'ai peiné à trouver ma place et me sentais perdue malgré la présence d'une amie de BTS (qui deviendra elle aussi maman d'un petit garçon porteur de trisomie 21, né après Marcel... quand je vous dis que la vie réserve des surprises !), mon chemin s'est éclairé avec l'arrivée du printemps. J'ai suivi des cours d'allemand intensifs et enfin trouvé un job. J'ai adoré cette période ! Je travaillais le matin dans un café italien où je parlais italien avec mes collègues, anglais et *ein bisschen deutsch* avec les clients, puis j'enfourchais ma bicyclette à rétropédalage et je fonçais à Kreuzberg pour assister au cours d'Angela qui durait tout l'après-midi. J'ai rencontré des gens de tous horizons : des Italiens, un Anglais, un Français, un Australien, un Grec, une Américaine… c'était l'auberge espagnole. Chaque soir, nous profitions des jours qui rallongeaient en buvant une bière au bord de la Spree.

En août, je suis finalement rentrée en France. Seule. Mais j'avais pris goût à l'aventure. Avec ma cousine Camille, ma presque-sœur, nous nous sommes mis en tête de partir pour l'Australie. Le temps de tout organiser, nous avons fait des petits jobs et mis de l'argent de côté. Puis, visas et billets d'avion en poche, sacs à dos sur les épaules, nous avons salué nos familles le 30 avril 2010.

Une nouvelle expérience incroyable nous attendait à l'autre bout du monde. Sur place, nous avons pris des vols internes, des trains, acheté une voiture, voyagé en car, conduit un 4 × 4, fait du bateau, et même fait couler un canoë en pleine mangrove (souvenir épique !)… Un an de bonheur à l'état pur, de découvertes, de rencontres, de fêtes, de visites, à Bali et Singapour, en Malaisie et en Thaïlande. Nous aurions pu renouveler nos visas pour un an supplémentaire, mais nos familles, nos amis et mon petit ami laissé à Berlin commençaient à nous manquer sérieusement, alors nous sommes rentrées. J'ai emménagé chez Jérôme en banlieue parisienne, où il s'était installé : un brutal retour à la réalité suivi de plusieurs mois de réadaptation.

Pendant toutes ces années, Sylvain et moi n'avions jamais perdu contact, même si nous passions souvent des mois, parfois des années entières sans nous donner de nouvelles. Lorsque je me suis séparée de Jérôme, un an après mon retour, Sylvain se remettait tout juste d'un chagrin d'amour, lui aussi. Traversant une épreuve commune, nous nous sommes compris et soutenus.

Début 2012, presque huit ans après nos premiers fous rires, à deux mois d'intervalle, nous sommes tous deux rentrés chez nos parents, à Rennes. Le 30 mars, pour mes vingt-sept ans, j'ai retrouvé des amis pour fêter mon retour et mon anniversaire. Au fur et à mesure de la soirée, tout le monde est parti. Sauf lui. Nous avons ri, le temps est passé, et je n'ai pas vu – ou pas voulu voir – qu'il était trop tard pour le dernier métro. Il venait d'avoir les clés de son appartement à deux pas de là et m'a proposé de l'y accompagner. Nous avons échangé notre premier baiser… et je n'ai pas pu m'empêcher de rire ! Tout ceci était si improbable : j'embrassais Sylvain ? Le Sylvain du BTS…

Au début, nous n'évoquions pas l'avenir. Nous sortions tous deux d'une longue relation amoureuse et n'avions pas pensé nous remettre si vite en couple. J'ai donc loué un appartement, seule. À trois minutes à pied de chez lui…

Après quelques mois, les discussions sérieuses ont commencé. Je ne voulais pas perdre mon temps et m'engager davantage avec lui s'il n'avait pas le même projet de vie que moi. Petit dernier d'une fratrie constituée comme la mienne d'une fille puis de deux garçons, j'imaginais qu'il voudrait reproduire ce schéma familial, mais je devais m'en assurer. Il confirma mes espérances et nous nous surprîmes même à discuter des prénoms que nous pourrions choisir. Nous avions d'ailleurs craqué tous les deux pour le même prénom de fille, pourtant peu commun !

Suite logique de notre histoire, nous nous sommes installés ensemble, et, au printemps 2014, nous avons commencé à parler sérieusement de fonder une famille. Mais presque une année s'est passée sans qu'aucun bébé ne s'annonce. J'allais bientôt avoir trente ans, et tout ce qui va avec : la pression de l'horloge biologique, celle de mon entourage… Même si elles ne sont jamais mal intentionnées, les questions et suppositions concernant l'éventualité d'une future maternité sont pourtant toujours un peu oppressantes, voire maladroites dans certaines situations.

Les premiers temps, alors que ce n'était pas encore dans nos plans, Sylvain et moi nous amusions à entrer dans le jeu de certains de nos proches en laissant planer le doute. Aussi, quand nous entendions : « Bientôt trente ans, l'achat d'un appartement avec deux chambres, un PACS dans les tuyaux… moi je dis que t'es enceinte ! », ça nous faisait sourire. Cependant, lorsque cette envie s'est transformée en projet bien réel et que, les mois passant, aucun bébé ne se décidait à venir se nicher au creux de mon ventre, ces réflexions sont devenues blessantes car elles nous renvoyaient notre échec en plein visage. « Va peut-être pas falloir traîner, si vous en voulez ! » ; « Hé… regarde, elle ne boit pas alors qu'on est samedi soir ! C'est suspect… » ; « Au fait, tu sais que Machine est tombée enceinte du premier coup ? Et vous, c'est pour quand ? »

À chaque grossesse qui s'annonçait autour de nous, un petite pincement de jalousie pointait le bout de son nez. Je désespérais. Et pourtant…

Un beau cadeau d'anniversaire

Il paraît que la nouvelle vie de Papa et Maman a commencé avec la Journée internationale de la femme, en 2015. Un cadeau plus beau qu'un bouquet de fleurs : une petite graine ! C'était une belle surprise, à quelques jours seulement des trente ans de Maman.

Le 22 mars 2015, je guette l'arrivée de mes règles, comme à mon habitude. Elles ne viennent pas mais je ne fais pas de plans sur la comète. J'en ai connu des déceptions… Le mois dernier, je les ai attendues quatre jours.

Le 26 mars, un jeudi pour être précise (ceux qui me connaissent savent ô combien je suis soucieuse des dates et des chiffres), c'est un tiraillement au niveau de la poitrine qui a attiré mon attention. Même si d'un petit bonnet B je n'étais pas passée en un claquement de doigts au tant convoité bonnet C, il se passait bien quelque chose ! Il ne m'en a pas fallu plus pour foncer à la pharmacie la plus proche de mon travail pour faire main basse sur une boîte de trois tests de grossesse. Contrairement à la fois précédente où j'avais fait le test dans les toilettes du centre commercial d'à côté – il ne m'avait pas porté chance, celui-ci –, j'ai préféré rentrer précipitamment chez moi, à deux minutes de là.

Allégée de mon manteau et de mon sac balancés sur le sol, je me suis enfermée dans les toilettes, le cœur battant. Un petit pipi plus tard (l'absence de glamour d'une grossesse commence très tôt !), le fameux « + » s'affichait. J'ai attendu le plus sereinement possible les deux minutes contractuelles avant de m'autoriser à y croire… J'étais enceinte.

E n c e i n t e !

Je me souviens avoir fait les cent pas dans notre appartement, avoir lu et relu la définition du résultat pourtant très explicite. J'étais émue, j'étais heureuse, j'avais la trouille. Bref, j'étais perdue et dépassée par cette bouffée d'émotions. Cela faisait bientôt un an que nous essayions de faire un bébé et alors que nous commencions à nous demander si c'était normal que ça ne fonctionne pas, voilà que ce petit « + » était apparu.

J'aurais adoré tenir ma langue et faire la surprise à Sylvain, quatre jours plus tard, à l'occasion de notre troisième anniversaire, mais je n'ai pas réussi à garder le secret jusqu'au 30 mars. Pour annoncer dès le lendemain la grande nouvelle au futur papa, je voulais trouver un moyen original : j'allais offrir à Sylvain une minuscule paire de baskets Vans, sa marque préférée. (C'était du 19 ; Marcel n'a pu les porter que vers l'âge de deux ans !)

Le soir venu, d'un ton faussement innocent et invoquant un Frigidaire désespérément vide, je lui ai proposé de dîner dehors. Une fois à table, débarrassés de nos vestes, j'ai filé aux toilettes pour souffler un bon coup, me donner des petites claques sur les joues, me remettre les idées en place et trouver le courage de faire la grande annonce, avant d'inciter Sylvain à aller aussi se laver les mains. Je suis un peu maniaque du lavage des mains, ça ne l'a donc pas étonné… Je voulais profiter de son absence pour déposer le précieux petit paquet sur sa chaise.

Autant dire que j'ai un peu perdu pied quand, à son retour, il s'est assis sans remarquer qu'il avait écrasé mon paquet ! Ce sont des petites chaussures, mais quand même, une boîte en carton sous les fesses… Puis le serveur est venu prendre notre commande. « Deux kirs, s'il vous plaît », me suis-je empressée de lui répondre, en pensant : « Tu vois pas que tu déranges ? » Je ne savais plus quoi faire, comment dire à Sylvain qu'il s'était assis sur les chaussures de notre bébé ? Mon plan était tombé à l'eau…

Une fois servis, nous avons donc trinqué. Mais avant de tremper mes lèvres dans ce verre qui me faisait de l'œil, je lui ai demandé :

« Ça va ? Bien installé ?

— Oui.

— T'es sûr, vraiment ? Il n'y a pas quelque chose dans ton dos qui te gêne ? »

Il a fini par sentir la fameuse boîte, s'en est saisi et a déchiré le papier cadeau.

« Qu'est-ce que c'est ? Un portefeuille ?

— Mais ouvre la boîte ! dis-je impatiemment, souriant toutes dents dehors et le cœur battant à mille à l'heure.

— … Nan ? C'est pas vrai ! T'es enceinte ? » finit-il par lâcher, les yeux déjà pleins de larmes.

Que d'émotions. Nous tremblions tous les deux. Ça y est, de deux nous allions passer à trois. Étions-nous prêts ? Non. Est-ce que quelqu'un est vraiment prêt ? Je n'en suis pas certaine.

Enceinte

Maman enceinte, c'était quelque chose ! Elle l'avait voulu, pourtant... Mais je crois qu'elle n'aime pas trop quand elle ne contrôle pas la situation. Avec moi, elle va être servie. Mais ça, elle l'ignore encore. Chut.

Youpi, je suis enceinte... c'est vite dit. Ce ravissement ne m'aura pas accompagnée bien longtemps dans ma grossesse. Même si je mesure la chance d'avoir pu porter la vie et si je trouve incroyable l'adaptation du corps humain au cours de ces neuf mois de transformation, je n'avais pas conscience des complications et des maux divers et variés que pouvait engendrer cette période. Je me demande d'ailleurs pourquoi on ne nous prévient pas davantage... Pour préserver le renouvellement des générations, sans doute.

Je ne fais pas partie de ces femmes amoureuses de la maternité qui racontent qu'elles ont adoré être enceintes. Mes souvenirs de grossesse à moi sont mi-figue, mi-raisin. Plus figue, d'ailleurs, comme j'ai raisonnablement arrêté de boire du raisin…

Mes premiers souvenirs, ce sont des coups de fatigue soudains. Durant les trois premiers mois de grossesse, je me suis retrouvée contrainte de rentrer chez moi chaque midi pour dormir car les repas entraînaient des somnolences que je ne pouvais absolument pas contrôler. Et il n'était pas question de laisser quiconque se douter de mon état avant la déclaration officielle de ma grossesse.

Le soir, c'est simple, je m'endormais sur mon assiette. À peine le repas terminé, je déposais un bref baiser sur les lèvres de Sylvain et, épuisée, je partais me coucher à l'heure des poules… pour être réveillée quelques heures plus tard par des remontées acides très violentes.

J'ai eu beau chercher, je n'ai trouvé aucun traitement pour me soulager, ni aucune position. Et plus les mois passaient, plus les maux évoluaient.

Après ces fameux reflux, ce sont les mouvements de mon bébé qui m'ont empêchée de trouver le sommeil. Après avoir passé quelques semaines à m'émerveiller de découvrir les petites bosses qu'il faisait sous mon nombril, j'ai commencé à me plaindre de son tonus et à ne plus du tout trouver mignon de me prendre des coups de coude dans les côtes !

Puis les coups de pied ont fait place à des insomnies de plusieurs heures qui ont transformé mes nuits en cauchemars. J'ai essayé de reproduire les exercices de sophrologie appris en cours de préparation à l'accouchement, mais rien ne fonctionnait. Je me vois encore profiter de ces longues périodes éveillées pour dresser, en pleine nuit, la table du petit déjeuner.

Enfin, bien que n'ayant pris que peu de poids, j'ai vite eu du mal à me mouvoir. En plus d'avoir l'impression de me balader avec un ballon de basket en plomb dans le ventre, mon nerf sciatique était coincé et je ressentais comme des décharges électriques dans la fesse à chaque pas. Mes douleurs lombaires ne facilitaient pas non plus les changements de position. Et pour compléter ce charmant tableau noir, mes ligaments utérins et mon sacrum étaient douloureux.

Par périodes, heureusement, j'ai quand même eu cette impression légère d'avoir une grossesse facile. Comme pour beaucoup de femmes, je crois que les meilleurs mois ont été ceux du deuxième trimestre, soit du quatrième au sixième mois. Sans doute les vacances d'été n'y étaient-elles pas étrangères : j'étais fière, en maillot de bain, de dévoiler mon bidon tout rond et tout bronzé (badigeonné quand même de crème indice 50).

Lors de nos après-midi à la plage, je m'empressais de creuser un trou dans le sable, d'installer ma serviette dessus, pour, une fois allongée, savourer de dormir de nouveau « sur le ventre » !

La reprise du travail, fin août, après trois semaines de vacances, fut compliquée. Au manque certain de motivation, s'ajoutaient la fatigue, les douleurs et un ventre qui commençait sérieusement à peser.

Arrêtée le 21 septembre 2015, à six mois et demi de grossesse, il me restait donc deux mois et demi pour écumer point par point ma « *to do list* » :

– Faire des siestes ;

– Profiter des derniers instants à deux pour sortir ;

– Trouver un ostéopathe qui me soulagerait enfin ;

– Me mettre à la couture avec l'aide de Maman ;

– Terminer les cours de préparation à l'accouchement ;

– Finaliser les faire-part de naissance ;

– Finir d'aménager la chambre ;

– Acheter le matériel de puériculture (et me familiariser avec son vocabulaire… transat, nacelle, cosy, chancelière, etc.) ;

– Lire (mais arrêter Maxime Chattam pour le moment, trop de cauchemars !) ;

– Trouver un mode de garde à compter de début mars 2016 ;

– Fixer le rendez-vous avec l'anesthésiste au mardi 10 novembre ;

– Faire ma valise pour la maternité…

Tout va pour le mieux

C'est le mercredi 22 avril 2015 que Papa et Maman ont entendu battre mon petit cœur pour la première fois. Il paraît que j'en ai fait pleurer Maman de surprise et de bonheur... Je crois que c'est à ce moment-là que mes parents ont pris conscience qu'ils allaient vraiment le devenir !

Pour notre premier rendez-vous de suivi mensuel chez ma gynécologue, la prise de sang avait déjà confirmé les résultats du test de grossesse, mais je n'arrivais pas à me souvenir de la date précise de mes dernières règles (étrange pour une toquée des dates comme moi !). Afin d'estimer plus précisément la date de début de grossesse, nous avons donc eu droit à notre toute première échographie, la fameuse échographie de datation.

Nous étions tellement émus de découvrir pour la première fois ce petit être qui habitait mon ventre encore plat ! C'était si intense d'entendre battre son cœur que j'ai pleuré de joie.

La deuxième échographie, celle dite du premier trimestre, était prévue le 22 mai 2015. Comme tous les futurs parents, nous attendions avec impatience de découvrir l'évolution de notre bébé. Nous avons été impressionnés par deux choses ce jour-là : alors que je ne ressentais rien à l'intérieur de moi, ce bébé n'arrêtait pas de gesticuler sur l'écran de contrôle. Quel tonus ! Mais surtout, malgré ses 6,9 centimètres du coccyx au sommet du crâne, Marcel ressemblait déjà à un minuscule être humain !

Pendant ce rendez-vous, le médecin a contrôlé tout ce qu'il y avait à vérifier à ce stade de la grossesse : taille du fémur, présence de la vessie, des poumons, des deux ventricules, clarté nucale…

Lors de cette dernière mesure, je me souviens avoir tiqué. Pourquoi est-ce que juste après avoir mesuré cette fameuse « clarté nucale » et annoncé une mesure en deçà du seuil d'alerte, notre médecin nous avait-elle proposé d'effectuer un test complémentaire ? Et pourquoi insistait-elle autant sur le fait que nous ne disposions que d'un très court délai pour le faire ?

C'est en rédigeant ces lignes que je comprends « l'urgence » de ce test complémentaire. En effet, la mesure de la clarté nucale doit avoir lieu entre la onzième et la quatorzième semaine plus six jours d'aménorrhée[1] car passés trois mois, ce petit décollement au niveau de la nuque du fœtus disparaît.

1. Absence de règles.

Nous étions à treize semaines et quatre jours… Le test complémentaire préconisé par notre gynécologue – une prise de sang appelée triple test – quant à lui n'était précis que s'il était effectué avant la fin de cette semaine-là. Il pouvait être réalisé jusqu'à la vingtième semaine, mais avec une sensibilité moindre du diagnostic.

Nous n'avions absolument pas connaissance de ces délais à l'époque et avons tranquillement attendu de rentrer de la semaine de vacances qui suivait notre PACS pour faire la fameuse prise de sang. Nous étions alors le 1er juin 2015, soit à tout juste quinze semaines d'aménorrhée.

Cette prise de sang détecte d'éventuelles anomalies génétiques du fœtus. Grâce à trois marqueurs sériques, on obtient un taux de risque de trisomie 21. « Risque », c'est la science qui le dit, nous on dit plutôt « chance », aujourd'hui. Comme au Loto : on a gagné le gros lot !

Bref, pour nous, il s'agissait d'une prise de sang parmi tant d'autres au cours d'une grossesse. Je m'étais donc rendue au laboratoire d'analyses dans mon état d'esprit habituel, stressée parce que j'ai une sainte horreur des piqûres, mais sans vraiment m'inquiéter pour la suite.

Lorsque la gynécologue m'a tendu la feuille des résultats, quelques jours plus tard, je ne l'ai même pas lue puisqu'elle m'a simplement dit : « Ces résultats ne vous placent pas dans un groupe à risque accru de trisomie 21. » En toute confiance – en

2015, la médecine ne peut pas se tromper dans l'analyse de résultats ! –, j'ai « juste » signé un papier qui, je l'ai compris après, sert de décharge en cas d'erreur de diagnostic. Il est bien précisé en minuscules caractères sur ce document : « Nous vous rappelons qu'il ne s'agit que d'un test de dépistage qui n'exclut pas formellement une anomalie fœtale. » Mais ça, c'est bien plus tard, en ressortant mon dossier, que je l'ai découvert.

Quelques jours après la naissance de Marcel, j'avais regardé ce fameux bilan. Le niveau de « risque » était de 1/487, soit au-dessous du seuil d'alerte fixé à 1/250 en 2015[1], mais malgré tout élevé par rapport au risque minime de 1/10 000. Alors que Sylvain et moi étions encore sous le choc de l'émotion et pleins d'incompréhension, j'avais demandé, entre deux sanglots, à ma gynécologue, lors du rendez-vous post-accouchement, pourquoi on ne nous avait pas mis en garde. Elle m'avait répondu que même si mon taux avait été de 1/251, elle n'aurait rien dit, le seuil étant fixé à 1/250.

Sur le moment, j'avais trouvé ça fou. Depuis, j'ai compris qu'il fallait bien établir une limite d'alerte. Comme pour tout. Et qu'il y a toujours une marge d'erreur.

1. En 2019, ce seuil est passé à 1/1000. Quatre ans plus tard, avec le même résultat, nous aurions donc été classés dans un « groupe à risque accru de trisomie 21 ».

C'est un garçon !

Papa et Maman étaient persuadés que j'étais une fille et que je m'appellerais... Non, je ne dévoile rien, ils m'ont demandé de ne pas révéler ce prénom qui sera peut-être celui d'une future petite sœur !

À la fin du mois de juillet, nous étions tout excités à l'idée de l'échographie du deuxième trimestre. Nous savions qu'à ce stade de ma grossesse, notre bébé allait avoir droit à un examen morphologique complet et que nous pourrions scruter, grâce au médecin, chaque détail de son anatomie... Nous allions enfin connaître le sexe de ce bébé !

Comme pour nous projeter davantage dans notre future vie à trois et rendre plus concrète cette grossesse – même si je sentais désormais très bien les mouvements de mon enfant dans mon ventre –, Sylvain et moi voulions pouvoir appeler ce petit être qui grandissait en moi par son prénom. Passer mon temps à dire « bébé bouge », « bébé va bien », je n'y arrivais pas. Je trouvais ça trop « cucul ». Les petits mots doux comme ça, très peu pour nous !

Nous avions besoin de connaître ce que nous pensions être, à l'époque, le plus grand secret d'un bébé : la nature de son sexe. Depuis des semaines, Sylvain me mettait en tête que nous attendions une fille : « Ce sera une fille, c'est sûr ! C'est comme ça dans ma famille, et dans la tienne aussi : le premier enfant, c'est toujours une fille. Regarde tes cousines, ce sont les aînées dans chaque famille ! Et chez moi, ça s'est encore confirmé avec ma sœur qui a eu une fille en premier, elle aussi. Et puis surtout, je le sens ! »

Lorsque la nouvelle nous fut enfin révélée, après une demi-seconde de déception je me suis dit qu'un garçon, c'était vraiment cool. Et puis, après tout, fille ou garçon, qu'est-ce que ça change ? Tant qu'il ou elle est en bonne santé…

En ce qui concernait les prénoms, si celui de la fille était déjà tout trouvé puisque nous avions découvert plusieurs années plus tôt que nous partagions le même coup de cœur, nous n'avions aucune idée côté garçon.

Sylvain et moi avons toujours eu les mêmes goûts pour tout, et notamment pour les choses anciennes : tous les deux, on aimait aussi les vieux prénoms. Pour trouver l'inspiration, on a donc très rapidement énuméré les prénoms de nos ancêtres. De mon côté, Marcel arrivait en tête.

Ce prénom signifie « consacré au dieu Mars » en latin. Mars, mois de sa conception, mois de notre premier baiser, mois de mon anniversaire... C'était cohérent ! Mais surtout, c'était le prénom de mon grand-père. En octobre 2004, un mois après ma rencontre avec Sylvain, mon grand-père Marcel, que j'adorais et dont j'étais si proche, était mort d'un cancer. Et mon grand-père, c'était quelque chose ! Enfin, c'était surtout quelqu'un. Un homme au grand cœur. Sévère, parfois, mais tellement drôle et serviable. Nerveux, mais si gentil. Tête de mule, mais si souriant. Une personnalité forte qu'on n'oublie pas. Un clown avec les dents du bonheur !

Notre décision était prise. Même si ma grand-mère fut surprise par notre choix – elle nous a avoué plus tard avoir eu du mal au début à appeler Marcel par son prénom –, ce serait Marcel.

M a r c e l.

Nous avons passé notre été 2015 heureux et insouciants à vadrouiller dans le sud-ouest de la France à bord d'un van aménagé. Nous parlions de Marcel en le nommant déjà par son prénom. Nous le sentions bouger, beaucoup. Nous pensions à la future décoration de sa chambre, nous commencions à lui acheter des habits, minuscules, qui nous faisaient sourire.

En octobre, au moment de la dernière échographie, nous avions très envie de voir le petit visage de Marcel que nous n'avions aperçu que trop furtivement en juillet. Mais quand nous avions demandé à l'échographiste s'il était possible de s'arrêter sur le visage de notre enfant, sa réponse ne nous avait laissé aucun espoir : « Ce n'est pas une priorité ni le but des échographies. » D'accord. Eh bien, on patientera encore un peu plus de deux mois, jusqu'au jour de sa naissance…

En attendant, la bonne nouvelle c'était que Marcel était bien positionné, la tête en bas ; il pesait déjà 1,780 kg et son poids de naissance était estimé à 3,5 kg : le bébé parfait.

Le dernier jour de ma première vie

Je suis trop serré dans ce petit bidon. Et j'ai tellement hâte de rencontrer mes parents, de profiter de la vie extérieure qui a l'air si belle. Allez, c'est décidé, aujourd'hui sera mon dernier jour dans le ventre de ma maman !

Par un matin ensoleillé de novembre, je décide de me rendre à une vente privée à laquelle une amie m'a conviée. Depuis que je suis en congé maternité, ma voiture m'a lâchée. Mauvais timing (y a-t-il seulement un bon timing pour voir sa voiture partir à la casse ?!), mais bonne excuse pour profiter de ma maman qui m'accompagne pour une sortie entre filles.

À un mois et des poussières de mon terme, je me demande, comme chaque jour depuis une semaine, comment je vais tenir jusqu'au bout de ma grossesse : mon ventre me gêne, je me sens entravée et j'ai hâte de passer à la « vraie vie à trois ». Même si je sais que mon bébé est bien mieux au chaud et que je n'envisage pas un accouchement avant encore trois ou quatre semaines.

Ce matin-là, je suis plutôt en forme : peau du ventre bien tendue mais bien décidée à faire des affaires ! Comme toutes ces acheteuses quasi enragées, je joue du coude pour me frayer un chemin vers les articles les plus prisés.

Une fois terminé ce marathon du shopping, nous rentrons déjeuner chez mes parents. Mes frères nous rejoignent pour notre repas familial hebdomadaire.

Après le déjeuner, atelier couture avec ma mère : c'est ma toute nouvelle lubie. Et c'est surtout un moment privilégié pendant lequel nous préparons ensemble la venue du premier petit-fils de la famille. L'occasion de lui poser des questions, de lui faire part de mes craintes, de mon impatience de le rencontrer.

Nous enchaînons avec une visite chez mes grands-parents avant que ma mère ne me dépose enfin chez moi vers 18 heures... quand arrive, dans la minute où je sors des toilettes pour la énième fois de la journée, l'une de mes amies qui vient partager un thé à la maison.

Jusque-là, tout était prévu. Une journée où je maîtrisais encore le cours des choses. Jusque-là...

C'est ce soir-là que tout a commencé à me surprendre. Et que ma vie a pris un nouveau tournant.

À peine arrivée et sans se débarrasser de son manteau, mon amie Hélène s'est inquiétée de mon état. Je n'ai pas été très honnête, je l'avoue. Dans la voiture, j'avais eu plusieurs contractions. Mais rien d'anormal – enfin, c'est ce que je croyais. Cela faisait plusieurs jours que j'avais des mini-contractions. Rien d'étonnant à cinq semaines de mon terme.

J'affirme à mon amie que je suis en pleine forme.

Avec un petit air plein de malice, elle attrape un sac caché dans le placard de l'entrée et me lance : « Parfait, alors. Suis-moi ! »

Hélène m'entraîne dans sa voiture, tout excitée, et bidouille son téléphone en s'installant au volant. Je prends place à ses côtés, à l'avant de la voiture, et essaie de comprendre ce qu'elle manigance : qu'est-ce que c'est que ce sac bien rempli qui était caché chez moi ? Depuis quand était-il là ? Qui l'a préparé et que contient-il ? Je l'interroge et essaie d'en savoir plus, mais elle ne me dit rien. Une surprise semble se tramer à mon insu…

Entre stress et excitation, je m'imagine plein de choses : est-ce qu'Hélène m'emmène dans un spa pour un massage ? Qu'a-t-elle en tête ? Je vois bien qu'elle guette son téléphone et échange sans arrêt des messages. Nous allons retrouver d'autres amies, pour un apéro, sûrement, mais la route empruntée ne me donne aucun indice.

Après trente minutes d'embouteillages, nous voilà garées. Devant la patinoire… Quelle idée ! Avant de descendre de la voiture, Hélène me regarde avec un air de satisfaction et me dit : « Ben voilà, je t'emmène faire du patin à glace ! T'es contente ?

— Ah ! Ah ! Ah ! Mais t'es pas sérieuse ?! »

Je prends son invitation pour un challenge. Même si je ne suis pas particulièrement rassurée, je suis plutôt du genre intrépide – inconsciente ? –, et je lui lance : « Banco, à presque huit mois de grossesse je vais les enfiler tes patins à glace. Tu vas voir ! »

Nous sortons de la voiture, elle attrape nos sacs dans le coffre et nous voilà en route pour les caisses de la patinoire. Je me demande quand même si pour une fois je n'aurais pas mieux fait d'être un peu sérieuse et de refuser…

Face à mon visage fermé et plutôt contente de son petit effet sur moi, Hélène rigole et me dit : « Tu crois vraiment que je t'emmène faire du patin à glace ? T'es pas bien, toi ! Allez, viens, on s'en va. » Quel soulagement !

Une petite pause à la patinoire destinée à ménager le suspense et à donner aux retardataires le temps de se rendre à notre lieu de rendez-vous – je le comprendrai plus tard.

Cette fois, direction la piscine, où Morgane et Cécile, en retard et surtout mal cachées dans le hall d'entrée, nous rejoignent dans les vestiaires.

Compte tenu de mon état, la piscine, c'est nettement mieux que la patinoire. Mais beaucoup moins drôle concernant le sujet « épilation »… Il y avait un peu de laisser-aller de ce côté-là… À quelques semaines de ma date d'accouchement, je continuais à me « laisser pousser le maillot », histoire de retirer tout ça au dernier moment pour être toute belle sur la table d'accouchement. Comme si les sages-femmes en avaient quelque chose à faire de nos poils.

Bref, je suis en train de me sentir blêmir sur le sujet, quand je découvre dans le fameux sac planqué dans mon entrée que mon mari – l'homme idéal qui pense à tout – a soigneusement glissé dans le sac à dos un rasoir jetable ! En revanche, le rasage à sec dans la cabine de bain mal éclairée cumulé avec le gros bidon porté relativement bas, ça ne devait pas donner un résultat génial…

Une fois mon magnifique maillot de grossesse enfilé, j'étais comme une gosse impatiente devant ce bassin avec fontaine, circuit à contre-courant, grands tapis flottants et panier de basket. Le tout entourée de mes amies : le bonheur.

Qu'est-ce qu'on a pu rire !

Mais à force de jouer à la gymnaste en faisant des roulades sur les tapis flottants et en marchant dans l'eau à contresens d'un fort courant, j'ai dû accélérer le travail qui avait commencé tranquillement depuis quelques jours…

Vingt heures passées, nous sortons de l'eau, partons nous rhabiller et nous quittons d'un baiser chacune de notre côté. Seule Hélène reste avec moi : c'est elle qui me ramène à la maison.

Pour ne pas nous séparer comme ça, je lui propose de venir boire un verre à la maison. Pas longtemps, la fatigue se fait sentir, mine de rien… Elle opine du bonnet de bain, et nous montons chez moi. Je tourne la clé et là…

« Surpriiiiiise ! »

Une baby-shower bien arrosée

Les amies de Maman ont voulu la surprendre en lui organisant en douce une baby-shower. Pari réussi, mesdames. Félicitations ! Et si à mon tour je leur réservais une surprise dont elles se souviendront longtemps ?

Toutes mes amies sont là et n'attendent plus que moi pour cette surprise manigancée dans mon dos. Avant, je n'avais jamais participé à ce genre de fête prénatale et je n'avais pas imaginé en vivre une un jour car je pensais que ce moment privilégié entre amies était organisé par la future maman elle-même. La surprise n'en a été que plus grande.

Partout dans la maison avaient été installées des guirlandes de fanions « Valentino » (d'où est venu ce surnom, je ne sais plus, mais, pour mes amies, Marcel fut Valentino tout le long de ma grossesse !), sur la table trônaient un gâteau de couches (encore en construction), des biberons en guise de verres, des badges pour chacune d'entre nous aux noms farfelus empruntés au jargon de la grossesse :

Doriane serait « césarienne », Justine « amnio », Sabine « péridurale » – et je vous épargne les pires. Cocktail de jus de fruits, séance photo dans la chambre de bébé quasi terminée, jeux sur le thème des bébés : elles avaient tout prévu en mon honneur.

21 h 30 : après quelques fajitas et burritos bien épicés, aïe, je me cramponne à mon fauteuil. Une douleur piquante en bas de mon ventre, plus forte que d'habitude. Mais qu'importe, continuez à préparer la salade de fruits les filles, ça semble succulent.

21 h 45 : aïe aïe aïe…

« Nan, rien, ça va, ne vous inquiétez pas.

— T'es sûre ? Tu es un peu blanche.

— Vraiment, ça va. J'ai des contractions depuis un moment, ça va passer. »

22 h 00 : aïe aïe aïïïïe !

« Tu veux qu'on appelle Sylvain ?

— Mais non, mais non. » (Enfin si, peut-être quand même.)

22 h 20 : aïïïïe !!! Sylvain, garé en bas depuis un moment et qui attendait 22 h 30 pour monter et faire gentiment comprendre à la bande de filles que sa petite femme devait se reposer, arrive donc, un peu inquiet après le SMS discret d'une amie… Nouvelle contraction. Je me lève pour aller aux toilettes. Tout est en ordre, mais je commence à être moins sereine.

22 h 40 : cinquième contraction qui ne laisse plus aucun doute. Me voilà entièrement trempée :

la poche des eaux vient de se rompre sur mon fauteuil. Je me lève d'un bond. *Panic on board, panic on board!*

Autour de moi, tout le monde s'agite. Sylvain, mi-paniqué mi-ravi, me dit : « Tu te rends compte, c'est super, toutes tes amies sont autour de toi ! » et elles de répliquer en chœur : « Tout va bien se passer, mon Carlo (c'est mon surnom). Tu vas être maman ! » Elles n'en mènent pas large. Moi non plus.

Entre rires et larmes, nous pataugeons tous allègrement en chaussettes sur le lino mouillé… Situation pour le moins improbable.

Vers 22 h 50, une fois tout le monde parti, j'ordonne à Sylvain – paralysée par la douleur, j'ai un peu de mal à prendre des pincettes – de préparer en quatrième vitesse ma valise pour la maternité. La date de mon terme est dans cinq semaines : j'avais seulement mis quelques petites choses de côté, mais tout n'est pas encore prêt. Je pensais avoir le temps… Dans un stress exponentiel, il met des affaires un peu au hasard dans un sac. Il n'y met pas une seule tenue pour Marcel ni mon téléphone portable, mais ça, nous ne le constaterons que plus tard !

En parallèle, je prends une douche. Cette dernière ne parvient pas plus à me détendre qu'à m'aider à supporter les contractions suivantes. C'est pourtant ce que m'avait certifié la sage-femme…

Je sors de la baignoire avec une immense difficulté, enfile tant bien que mal un pantalon propre et nous quittons l'appartement. Calvaire pour descendre les escaliers. Calvaire encore pour me plier dans la voiture, car je ne me sens même pas capable de marcher les quelques centaines de mètres qui nous séparent de la maternité. Ce sont les trois cents mètres les plus longs de toute ma vie. Sylvain prend toutes les précautions nécessaires et m'avouera même avoir descendu la route au point mort pour éviter le moindre à-coup.

23 h 15, nous sommes enfin à la maternité. Je ne peux plus retenir les cris de douleur que me procurent les contractions – qui ne me laissent plus aucun répit. Rien de plus normal : l'infirmière qui m'ausculte nous annonce que mon col est dilaté à huit centimètres : direction la salle d'accouchement.

Même si je n'ai pas encore rencontré l'anesthésiste (le rendez-vous était prévu quatre jours plus tard), il est possible, et surtout encore temps, de poser une péridurale : immédiatement soulagée, me voilà prête à accoucher.

En avance

Ne rien faire comme tout le monde ni dans la demi-mesure, c'est sans doute ma marque de fabrique : attention, mon arrivée sera extraordinaire ! Papa, Maman, soyez prêts à vivre des émotions extrêmes. Pour le pire et surtout le meilleur.

Une fois installée dans la salle d'accouchement, vers 23 h 45, je m'offre un petit shoot de péridurale… Promis, c'est la première fois que je touche à la drogue ! Malgré la dose de produit anesthésiant circulant dans mes veines, je sens le pincement dans ma fesse ; fichu nerf sciatique qui m'a embêtée tout au long de ma grossesse.

Mais je retrouve le sourire. En attendant la sage-femme qui viendra m'accoucher, je mesure la chance que j'ai eue avec cette baby-shower organisée le jour de mon accouchement ! Une vraie situation de comédie romantique.

Nous prenons nos dernières photos à deux. Les dernières avec Marcel dans mon ventre. Vers une heure du matin, une sage-femme vient vérifier l'état de mon col. Me voilà enfin prête à accoucher : « Madame, vous êtes à 10, on va s'installer et vous allez pouvoir pousser. Je reviens tout de suite. »

Le temps passe et personne ne revient. Même si l'échéance approche, nous ne sommes pas stressés. Je gère la douleur grâce à la péridurale et j'ai encore bien en tête les exercices de respiration et les conseils de mes cours de préparation à l'accouchement. Sans prendre vraiment conscience que nous allons désormais être trois, Sylvain et moi avons hâte de découvrir ce bébé qui bougeait tant dans mon ventre.

2 heures : ça y est… le personnel se met en place. Tout le monde s'équipe, prépare les instruments de boucherie, enfile ses gants.

2 h 12 : « Tout le monde est prêt ? Madame, ça va aller. Quand on vous le dira, vous pousserez très fort en expirant le plus longtemps possible et en contractant le bas du ventre… Je vois la contraction qui arrive sur le monitoring. On y va ! On pousse, on pousse, on pousse et on bloque. Allez, allez, allez, allez, c'est bien, vous vous débrouillez super bien. Inspirez. On tient, on tient, on tient. Allez encore, encore, encore, encore et on relâche. Super travail, ça avance ! »

Marcel. Après quatre poussées, tu as pointé le bout de ton nez ce vendredi 6 novembre à 2 h 23. Enfin… moi je suis sûre que c'était une ou deux minutes plus tôt, mais les sages-femmes n'ont levé la tête vers l'horloge – contrairement à moi –

qu'après t'avoir vu reprendre des couleurs : tu avais le cordon entortillé autour de ton cou.

Dès que nous t'avons eu dans nos bras, nous t'avons aimé. Mais je m'en voulais : moi qui pleurais devant les naissances de parfaits inconnus de l'émission *Baby Boom*, je n'étais pas capable de verser une seule petite larme pour mon propre accouchement et ta naissance ! Pourtant, j'étais heureuse, c'est indéniable. Il suffit de voir mon visage, tout sourire, sur la première photo de nous trois, prise par la sage-femme à 3 h 12. Toi, tel un petit asticot, tu avais rampé jusqu'à mon sein gauche et étais déjà paisiblement occupé à téter.

Malgré cette joie, j'avais imaginé notre rencontre autrement. J'avais cru que je serais débordée par mes émotions, et que des larmes de bonheur rouleraient sur mes joues. Et puis, surtout, je croyais qu'un parent trouvait toujours son enfant beau. Pour être honnête, je n'ai pas craqué devant ta bouille… J'ai mis du temps à te voir vraiment. Tu étais enfoui dans mon sein et je me souviens avoir demandé à Sylvain, un peu inquiète : « Je ne le vois pas bien, il est comment ? » Vu de haut, tu ne me semblais pas extraordinaire.

J'étais sans doute encore sous l'effet de la péridurale et un peu dans le brouillard. Surprise aussi par la rapidité de ta venue. Ou plutôt déjà inquiétée par tes yeux gonflés, tes oreilles trop ourlées et ton profil particulier ?

Une drôle de tête

Je ne sais pas qui de nous trois avait la tête la plus inquiétante et les yeux les plus bouffis. Pas si sûr que ce soit moi !

Face à nos interrogations sur les yeux gonflés de notre bébé, l'équipe médicale se veut rassurante. Tout est normal, Marcel étant prématuré ses traits sont forcément un peu congestionnés. Pour les oreilles, rien d'inquiétant, elles ont été pliées par le passage du col.

Les premières heures passent. À trois dans cette salle froide et éclairée au néon. Un peu hagards, et ne sachant pas quoi faire, Sylvain et moi attendons le moment de nous installer dans une chambre pour dormir enfin. Marcel est toujours dans mes bras, nous n'osons pas le déplacer. Nous prenons de nouvelles photos de nous trois.

Alors que nous attendons toujours qu'une chambre se libère, plusieurs professionnels se succèdent dans la salle d'accouchement. Ils regardent

Marcel, nous demandent si ça va, si nous avons notre dossier médical de grossesse avec tous les résultats de mes prises de sang et s'ils peuvent le consulter. Ils échangent quelques messes basses, sûrement par politesse, pour ne pas nous déranger.

Vers 6 h 30, nous sommes enfin conduits dans une chambre. Par sécurité suite à la péridurale qui a engourdi mes jambes, on me déplace en fauteuil roulant. Marcel, lui, est dans un berceau translucide à son nom. Sylvain porte mes affaires.

Nous prenons possession de la chambre, je m'installe douloureusement dans le lit. Les effets de la péridurale s'estompent et les décharges électriques de ma sciatique reprennent de plus belle. Sylvain dépose Marcel dans mes bras, qui semble vouloir téter.

Dans la matinée, on nous montre comment bien positionner sa bouche pour qu'il tète dans les meilleures conditions. On nous explique aussi comment changer une couche, nettoyer son nez et ses yeux. Comme tous les nouveaux parents, nous sommes un peu gauches, mais Marcel reste très calme. Il ne pleure pas.

Puisque nous sommes un peu arrivés les mains vides, Marcel est habillé par la maternité. De toute façon nous n'avions pas prévu d'avoir un bébé si petit : il flotte dans la taille naissance.

Sylvain, qui s'était chargé de prévenir nos parents par un petit coup de fil matinal, envoie maintenant à nos amis un SMS annonçant l'arrivée anticipée de Marcel, pour notre plus grand bonheur.

Au fil de la matinée, les traits de Marcel se rapprochent de plus en plus de ceux d'un bébé porteur de trisomie 21. Je me souviens très bien de la première fois que nous avons utilisé ce mot, « trisomique », devant une tierce personne. Vers 11 heures, nous recevons notre première visite, celle de mes deux frères. Depuis le hall de la maternité ils m'ont téléphoné pour me dire, tout excités : « On est là ! Vous êtes dans quelle chambre ? » Ce n'était pas encore l'heure des visites autorisées mais qu'importe, c'est leur premier neveu, qu'ils montent ! « Oh là là, mais il est tout petit ! », me dit Louis, le plus jeune. « Excellent, Carole, t'es maman », ajoute Victor, le cadet, qui n'en revient toujours pas. Et moi d'ajouter, sur le ton de la blague – mais c'est dit : « Il a quand même une petite tête de trisomique.

— Pffft, t'es bête !

— Mais si, regarde-le bien, franchement. »

Et puis un : « Tiens, au fait, on a eu papa et maman au téléphone, ils passeront tout à l'heure, ils sont impatients », nous fait passer à autre chose.

Lorsqu'on apporte enfin mon plateau pour le déjeuner, Sylvain décide de faire un saut chez nous pour compléter la valise – est-ce qu'on a prévu des vêtements assez petits pour notre crevette de

2,6 kilos ? –, manger quelque chose et se reposer un peu. C'est du moins ce qu'il prétexte. Il m'avouera avoir passé son temps à faire des recherches sur la trisomie 21 afin de savoir si son premier enfant, la chair de sa chair, en était porteur. Le peu de doute qui lui restait lui avait coupé l'appétit et c'est en panique qu'il avait appelé sa mère pour lui dire que Marcel avait une drôle de tête, qu'il ressemblait à Maître Yoda. La comparaison me fait sourire maintenant, mais il est vrai que ses gros yeux bouffis et ses oreilles tombantes étaient des signes un peu inquiétants.

De mon côté, je n'ai pas fait de recherches. J'ai juste observé Marcel qui était en peau à peau contre mon cœur. Il ne me restait plus vraiment de doute à moi non plus : je l'aimais déjà plus que tout, malgré ce petit « truc » pas normal.

Sylvain revient suivi de près par mes parents, impatients de rencontrer ce Marcel tant attendu – mais pas aussi tôt.

« Félicitations, les enfants ! disent-ils en chœur, réjouis d'être grands-parents pour la première fois.

— Merci ! je réponds fièrement.

— Qu'est-ce qu'il est mignon !

— Ouais, je ne sais pas… il a quand même une tête bizarre. Au niveau des yeux, il y a un truc. Ils sont quand même très gonflés… Et ses oreilles sont vraiment décollées ! On dirait un petit trisomique.

— Oh mais non ! ne dis pas ça. Tu vas passer pour une mauvaise mère. »

Ces quelques mots, pour elle, signifiaient bien plus qu'ils n'en avaient l'air. Je sais aujourd'hui ce qu'ils contenaient : « Si c'est le cas, ma chérie, si ton fils est réellement atteint de trisomie 21, ne le critique pas. (Et si je pouvais te le dire, ma fille, je te dirais que moi aussi j'ai de grosses suspicions. Mais la maman de Sylvain m'a téléphoné paniquée, me racontant les peurs de ton mari, et elle m'a demandé de vous rassurer... Alors je feins que tout va bien, et je tais mes inquiétudes.) Car alors tu passerais pour une mère qui n'aime pas son enfant, et moi je sais que ce n'est pas le cas. »

Par SMS, ma cousine me demande une photo de Marcel. Connaissant son franc-parler, notamment à propos des nouveau-nés qu'elle trouve rarement beaux, j'en choisis une sur laquelle je fais le signe « peace » de la main, juste devant le visage de Marcel. Je ne veux pas que les gens trouvent mon bébé moche. Son retour ne se fait pas attendre : « Il n'est pas beau ou quoi ? Tu le caches ! »

Dans l'après-midi, une pédiatre passe pour se présenter à l'occasion du changement de service. Elle profite de sa visite pour ausculter Marcel, mesurer son périmètre crânien, regarder s'il a le réflexe de marche automatique. Elle me rend mon bébé, pose quelques questions qui nous paraissent étonnantes mais qui doivent être habituelles. Après tout, c'est la première fois que nous vivons cette expérience de la naissance... Nous répondons, spontanément et simplement, comme doivent le faire tous les nouveaux parents.

La journée passe. Au fur et à mesure des visites du personnel médical, sur le ton de la plaisanterie mais surtout pour être rassurés, Sylvain et moi évoquons à voix haute – mais sans poser la question de façon frontale – la ressemblance de notre bébé avec un enfant porteur de trisomie 21.

« C'est quand même marrant – rire jaune – on dirait un petit trisomique. Regarde ses yeux, sa nuque, ses oreilles... »

Nous attendons que quelqu'un attrape cette perche tendue et nous réponde : « Vous faites erreur, il est adorable ce bébé. Et parfaitement normal ! » Mais rien. Pas une seule fois nous n'avons entendu cette phrase qui nous aurait permis de profiter, enfin, de ce moment incroyable que nous aurions voulu parfait.

Vers 17 h 30, une puéricultrice est venue pour nous montrer de nouveau les soins à réaliser sur un nouveau-né. Pour la première fois, nous avons osé poser la question ouvertement : « Vous ne trouvez pas qu'il a des airs qui font penser à une trisomie 21 ?

— Je ne sais pas, moi. Vous n'avez pas vu la pédiatre ? Elle ne vous a rien dit de particulier ?

— Non, je ne crois pas…

— Vous voulez que je lui demande de revenir ? Elle seule pourra vous dire.

— … Oui, s'il vous plaît. »

De l'insouciance à la prise de conscience

Maman, Papa, je suis vraiment désolé que vous ayez eu à vivre cette brutale annonce, mais si vous aviez su plus tôt, serions-nous là, aujourd'hui, tous ensemble ?

À 18 heures, on frappe à la porte. C'est la pédiatre. Assis sur le lit, côte à côte, comme déjà prêts à nous soutenir, Sylvain et moi n'en menons pas large. Nos visages sont marqués par la peur. Je ne sais plus si Marcel était dans nos bras quand le médecin est entrée et si c'est elle qui nous a demandé de le déposer dans son berceau ou s'il dormait paisiblement, je ne me souviens plus si elle était accompagnée ou pas. Mais je n'oublierai jamais cette discussion qui nous a projetés dans un autre monde.

« La puéricultrice m'a dit que vous vouliez me revoir ?

— Oui, docteur… On aimerait savoir, enfin on se demande… Est-ce que vous pensez que notre fils est trisomique ?

— Bien. Écoutez. Oui, en effet, nous avons les mêmes suspicions concernant une possible trisomie 21. C'est pour ça que je vous ai demandé cet après-midi s'il y avait des yeux en amande dans votre famille. Mais vous n'avez pas réagi. »

Ah oui, c'est vrai qu'elle nous avait posé cette question et que nous l'avions trouvée surprenante. Surtout que des yeux en amande, oui, il y en a, chez nous, et notamment dans la famille de Sylvain. D'ailleurs en grandissant on voit bien dans le regard de Marcel une vraie ressemblance avec celui de son père et de ses cousins.

Mais si nous avons pris le temps de repenser à cette question, nous avons surtout immédiatement intégré sa dernière phrase : « Oui, en effet, nous avons les mêmes suspicions. »

Le monde s'est littéralement écroulé sous nos pieds. Nos épaules sont devenues lourdes. J'ai eu l'impression d'avoir le souffle coupé, j'avais tour à tour terriblement chaud et extrêmement froid. Nos cerveaux tambourinaient dans nos têtes alors que nous essayions de remettre dans l'ordre ce trop-plein d'informations incompréhensibles. J'avais autant envie de vomir que d'appuyer immédiatement sur *RESET*.

Pourquoi nous !? Comment est-ce possible ? Pourquoi personne n'a rien vu ? Pourquoi ? Pourquoi ? Pourquoi ?

Nos vies sont foutues. Jamais nous ne serons grands-parents. Plus jamais je ne voudrai d'enfant. *Finito, ciao, basta.* Sans moi les copains.

Et comment fera-t-il si nous partons avant lui ? Qui s'en occupera ? Ah mais non… *leur* espérance de vie est plus courte que la nôtre. Trop courte ! Je n'ai jamais vu de personnes âgées porteuses de trisomie, si ?! Nous le verrons donc mourir ? Quelle horrible sensation que de déjà penser à la mort de notre fils alors qu'il n'a que quelques heures.

Les réactions d'abord très égoïstes se sont vite transformées en peur pour lui.

Se rendra-t-il compte de sa différence ? Les gens vont se moquer de lui. Qu'ils osent, tiens ! Maman-lionne est là, passez votre chemin.

Que pourra-t-il faire ? Et ne pas faire ? Toutes les choses effrayantes dont on nous parle déjà le concerneront-elles ? Problèmes cardiaques, problèmes de thyroïde, hypotonie, hyperlaxité, difficulté à s'exprimer, problèmes ORL, problèmes de vue et de digestion, troubles du sommeil… Notre fils ne serait-il que « problèmes » ?

Après ce moment de confusion express et intense, la pédiatre a repris la parole.

« Rien n'est sûr, pour l'instant. Si vous le souhaitez, nous pouvons réaliser un test pour vérifier. Une prise de sang pour établir le caryotype[1] de Marcel et voir ainsi s'il y a ou non une anomalie chromosomique.

1. Caryotype : arrangement de l'ensemble des chromosomes d'une cellule.

— Oui, faisons cette prise de sang, avons-nous répondu en nous raccrochant à ce dernier espoir, comme s'il allait tout à coup nous faire sortir de cet atroce cauchemar.

— Entendu. Mais il est 18 h 15 et nous sommes vendredi, le laboratoire est fermé : on ne pourra faire la prise de sang que lundi matin. »

C'est une blague ? Il va falloir attendre le week-end tout entier. Une éternité.

La pédiatre partie, nous nous sommes retrouvés seuls dans cette chambre étouffante avec Marcel. Ô Marcel, mon tout-petit. Après avoir pleuré dans les bras l'un de l'autre, nous disant que ça irait, qu'on y arriverait ensemble, Sylvain et moi avons appelé nos parents respectifs. J'étais en sanglots lorsque j'ai eu les miens pour leur dire que ce que nous annoncions sur le ton de la blague dans l'après-midi n'en était pas une. Marcel était sûrement porteur de trisomie 21. C'est à ce moment précis que notre famille, déjà très fusionnelle et présente, physiquement comme psychologiquement, s'est soudée davantage pour former un cocon autour de Marcel.

Petite mise au point sur la trisomie 21

La trisomie 21, également appelée syndrome de Down, est provoquée par une anomalie génétique. Habituellement, les êtres humains ont un patrimoine génétique présentant 46 chromosomes par cellule, soit 23 paires de chromosomes, numérotées de 1 à 23. Les personnes atteintes de trisomie 21, elles, ont un chromosome surnuméraire : au lieu de deux chromosomes 21, elles en ont trois.

Il n'existe pas de « degrés » de trisomie 21. Comme tout le monde, certaines personnes atteintes de trisomie 21 développent plus de capacités que d'autres ; les progrès dépendent du potentiel de chacun mais aussi de la stimulation et du milieu dans lequel elles évoluent.

Cependant, il existe différents types de trisomie 21. La forme la plus répandue est la trisomie libre et homogène (95 %) : dans ce cas, toutes les cellules du corps comportent 47 chromosomes. La trisomie 21 dite « par translocation » (3 %) indique qu'un brin de chromosome 21 issu d'un des parents

– porteur du gène – a été transmis à un chromosome. Enfin, la forme la plus rare, dite partielle ou en mosaïque (2 %), signifie que certaines cellules du corps comportent une trisomie, d'autres non. Il n'existe aucun moyen de savoir si, par exemple, les cellules du cerveau sont concernées par la trisomie ou non. On ne peut donc dire si cette forme de trisomie impacte plus ou moins les capacités intellectuelles de la personne porteuse.

Cette anomalie chromosomique, considérée de fait comme une *maladie* génétique, ne doit pourtant pas être perçue comme telle mais plutôt comme un handicap. En effet, la maladie, en opposition à la notion de santé, est une altération des fonctions d'un organisme vivant ; la santé et la maladie sont parties intégrantes de la vie, du processus biologique. Le terme de handicap, lui, désigne *la limitation des possibilités d'interaction d'un individu avec son environnement due à une déficience physiologique qui provoque une incapacité* : c'est donc davantage une notion sociale qu'une notion médicale[1].

La trisomie 21, considérée comme une malformation congénitale, est parfois dite « aberration chromosomique » : pour le coup, c'est l'utilisation de ce terme que je trouve aberrante ! Mais ce n'est rien de plus que mon avis de maman concernée…

En France, aujourd'hui, le pourcentage d'interruptions de grossesse après un diagnostic prénatal de

1. Source www.aidantattitude.fr

trisomie 21 est de 96 %. Quelle tristesse de savoir que tant de familles sont privées du bonheur que nous vivons, sûrement par peur ou à la suite d'un mauvais aiguillage de certains médecins et par méconnaissance de la vie merveilleuse que peut mener une personne porteuse de ce chromosome en plus. Et de ce qu'elle transmet à son entourage…

Soixante heures d'attente

Je crois que ma petite surprise n'a pas eu l'effet escompté... Mais, derrière la peur que je peux lire dans les yeux de mes parents, je sens déjà leur amour et leur volonté d'aller de l'avant, quel que soit le diagnostic.

L'annonce de cette dure nouvelle n'a pas plus de quelques minutes lorsqu'un SMS arrive. C'est l'un de nos amis qui a hâte de découvrir notre bébé. Jérémie aimerait bien passer à la maternité après son travail.

« On va lui dire que tu es fatiguée », a immédiatement proposé Sylvain. Moi, j'ai tout de suite pensé le contraire, qu'il fallait partager le plus largement possible le séisme qui était en train de bouleverser notre vie. Nous ne devions pas commencer à nous renfermer et encore moins à cacher Marcel sinon nous allions entrer dans un cercle vicieux. Alors nous avons décidé d'adresser à nos proches le SMS suivant :

« Chers tous,

Après les moments heureux de la naissance de Marcel, nous traversons des moments un peu plus durs. Nous soupçonnons une trisomie 21 chez Marcel. Nous pourrons faire des tests complémentaires lundi. En attendant, nous allons passer le week-end en famille. Merci d'avance pour votre soutien. »

Je ne sais pas ce que l'on ressent en tant que parent, ami, voisin ou collègue lorsqu'un message comme celui-ci apparaît sur l'écran de son téléphone. Est-ce qu'on est choqué, triste, gêné, dans l'incompréhension ? Est-ce qu'on a aussi la sensation que le sol se dérobe sous ses pieds ? On a probablement envie d'adresser son soutien aux jeunes parents désemparés sans trop savoir quoi dire... À tous ceux qui passeront par là, je voudrais donner ce simple conseil : répondez le plus naturellement possible, montrez aux parents qu'ils ont votre soutien et que vous serez toujours là pour eux. Ne faites pas l'autruche.

Dans notre cas, les réponses ne se sont pas fait attendre. Sylvain et moi avions adressé ce message à l'ensemble de nos répertoires respectifs, et nos parents en avaient fait de même ; ce sont des dizaines de retours que nous avons instantanément reçus. Je ne me souviens plus si nous y avons répondu individuellement, mais ce qui est sûr c'est que plus nous recevions de messages, plus nos indicateurs personnels de « confiance » et d'« espoir » grimpaient :

« Tout ira bien » ; « Marcel est tombé dans la bonne famille » ; « Nous sommes là si vous avez besoin de nous… » ; « On vous aime, les copains. »

Défigurés par les pleurs, la douleur, la colère, l'incompréhension et les doutes, les yeux gonflés et le teint dénaturé par l'éclairage blafard des néons de notre chambre aux murs jaune pipi délavé et verdâtres, nous avons été portés par l'amitié et l'amour de nos proches qui nous ont renforcés dans notre envie folle de tout faire pour ce bébé que nous avions mis au monde.

Le soir même, nous avons pu rencontrer une psychologue dépêchée pour l'occasion. Son air de pitié ajouté à son ton dramatique ne nous ont pas soulagés ; elle semblait étonnée (déçue ?) de ne pas nous trouver plus dévastés que cela. Ses paroles inappropriées ne nous ont pas aidés à passer une nuit plus douce. Aussi, lorsque, le lendemain soir, elle a repassé sa tête par la porte pour une seconde séance (qui fut aussi la dernière), Sylvain a prétexté qu'il avait des affaires à récupérer et m'a lâchement laissée gérer. L'attitude de la psychologue l'avait vraiment énervé et comme nous étions à fleur de peau, il valait mieux pour tout le monde qu'il aille prendre l'air.

Nous rions à présent de son attitude si mal accordée à notre personnalité, mais elle nous a tout de même bien orientés et très rapidement parlé de l'association Trisomie 21, ce dont nous pouvons aujourd'hui la remercier.

Pendant notre premier week-end de tout jeunes parents, il s'est passé beaucoup de choses. Premiers bains, premiers câlins, premiers pas tous les trois. Et de l'amour. Beaucoup d'amour.

De l'amour pour lui, nous en avons eu tout de suite. Lorsqu'une infirmière nous a glissé que nous nous en sortions très bien avec notre tout-petit, et qu'elle a ajouté – procédure oblige ? – que si nous le souhaitions nous pouvions placer Marcel en pouponnière, la réponse, pour nous deux, était déjà évidente – enfin, quand nous avons compris ce qu'elle sous-entendait.

Pouponnière. Immédiatement ce mot évoque pourtant un endroit dédié aux nourrissons, une salle dans laquelle ils peuvent dormir paisiblement sous la responsabilité de la maternité afin de laisser leurs parents se reposer. Pourtant, lorsque nous demandons de plus amples informations, plutôt tentés par cette proposition, l'explication nous laisse sans voix. Placer son bébé en pouponnière, ce n'est pas le confier au personnel soignant pour une nuit ou quelques heures, mais pour toute la vie. Cela signifie le destiner à l'adoption. L'abandonner.

Pour nous, la réponse est sans appel, hors de question de nous séparer de notre fils. Si d'autres font le choix de cette dure décision, elle est tout simplement impossible à envisager en ce qui nous concerne. Devant notre sidération, l'infirmière ajoute : « Vous savez, si vous l'aviez su avant votre accouchement, jusqu'à la veille, vous auriez pu demander en urgence une interruption médicale de grossesse[1]. » C'est une blague ? Ça arrive vraiment que des personnes prennent cette décision à la veille de faire une si belle rencontre avec la chair de leur chair ? Comment s'en remettre ensuite ? Comment retrouver le goût de la vie ? Cette discussion est comme un électrochoc : si cette éventualité nous blesse tant, c'est bien que nous l'aimons déjà tellement, notre Marcel, que nous nous sentons prêts à déplacer des montagnes pour lui, avec lui, et grâce à nos proches si soudés autour de nous.

Nous avons passé un week-end mitigé, entre la peur et le soutien de notre famille, nos amis et le personnel de la maternité.

Un seul couple d'amis est venu ce week-end-là, faisant fi de notre SMS fermant les portes aux visites. Il faut dire qu'Arnaud et Julie bénéficiaient d'un statut un peu particulier puisqu'il s'agissait des seuls parents de notre cercle d'amis proches. Ils avaient

1. L'interruption médicale de grossesse (IMG) – ou avortement thérapeutique – est réalisée lorsque la grossesse met gravement en danger la santé de la femme enceinte ou si l'enfant à naître est atteint d'une affection particulièrement grave et incurable. Elle peut être pratiquée à tout moment de la grossesse.

été présents et attentifs pendant toute ma grossesse. Nous avions d'ailleurs passé nos vacances d'été tous les cinq (et demi), avec leur fils de deux ans et le nôtre encore bien au chaud. Nous nous projetions déjà à l'été suivant, imaginant nos fils jouer ensemble, et aux étés plus lointains, les papas en train de surfer avec les gars pendant que nous, les mamans, ferions bronzette…

Dès qu'ils ont franchi la porte de la chambre de la maternité, sans échanger un seul mot et par la seule force de leur regard affectueux, nous avons su qu'ils seraient là, près de nous, quoi qu'il arrive. Nous avons beaucoup pleuré, nous nous sommes pris dans les bras. Et puis on a ri aussi, car déconner de chaque situation c'est plus fort que nous, je crois.

Nos parents, qui nous entouraient d'amour et ne cessaient de nous apporter du réconfort, ont eu du mal à accepter cette annonce. Je ne les comprends que trop bien maintenant que je suis maman à mon tour : voir son enfant souffrir est si dur à supporter. Nous étions dévastés mais heureux d'être parents, tout comme ils étaient heureux d'être grands-parents. Nous étions tristes mais en admiration devant ce petit bonhomme. Nous étions rincés par ce tsunami mais souriants et fiers de notre bébé.

Il faut dire que Marcel était tout à fait exemplaire ! Peut-être que son comportement était un moyen de se faire pardonner ce drôle de secret qu'il nous avait réservé, mais il était paisible au milieu de toute cette agitation.

Nous n'avons pas le souvenir de l'avoir entendu pleurer ou se plaindre. Nous l'avions presque constamment dans nos bras, nous le serrions fort pour lui montrer que nous serions toujours là pour lui. Ça tombait bien puisque le personnel médical nous avait fortement conseillé de l'avoir contre nous. En effet, il est bon pour un bébé, surtout né prématurément, d'être en peau à peau. Ce contact avec l'un des parents favorise le développement de l'attachement et permet à l'enfant de mieux réguler sa température et sa respiration, de prendre du poids. J'avais Marcel dans les bras pour les tétées – qui étaient très longues et régulières –, et Sylvain le prenait ensuite pour la sieste. Nous avons alterné ainsi vingt-quatre heures sur vingt-quatre pendant les huit jours passés à la maternité.

Entre l'inquiétude qui nous empêchait de trouver le sommeil et les besoins de ce petit être, nous dormions peu. Une seule nuit, nous avons accepté que Marcel soit surveillé par les auxiliaires puéricultrices pendant cinq heures d'affilée. Un biberon de lait en poudre lui serait exceptionnellement donné entre temps. Mais pendant tout notre séjour à la maternité, Sylvain a passé ses nuits auprès de nous, dans un petit lit de camp calé entre mon lit médicalisé et le radiateur. Cette aventure extraordinaire, nous la vivions à trois.

À la veille de cette fameuse prise de sang qui allait – nous en étions désormais sûrs à 99 % – confirmer le diagnostic et influer sur notre avenir à tous les trois, nous avons cherché pendant des heures des informations sur le « sujet », avec l'espoir que tout cela ne soit pas si grave, si handicapant – et si visible. Nous avons trouvé des indications sur « les caractéristiques physiques propres aux personnes porteuses de trisomie 21 », le fameux « pli palmaire » (ce pli unique dans la main, que Marcel n'a pas. Je me souviens que nous nous raccrochions à ce détail comme à notre dernière chance de balayer d'un revers de main nos suspicions), les « pathologies associées », la « déficience intellectuelle », l'« espérance de vie », etc. Puis nous sommes tombés sur les « différentes formes de trisomie 21 »… Voilà ce que nous cherchions. Il existait donc différentes formes ? Est-ce qu'il y en aurait une « moins grave » pour notre Marcel ? Une qui confirmerait que l'histoire racontée par cette jeune puéricultrice serait vraie : « Moi, j'ai une amie qui a une trisomie 21 et qui est infirmière ! » Ou bien encore que Marcel pourrait avoir son bac comme cette jeune Marocaine, ou passer son permis de conduire comme ce Canadien ? Ces témoignages étaient pour nous de réels gages d'espoir. La découverte d'une trisomie dite « partielle », et bien que scientifiquement, médicalement et physiologiquement nous ne savions pas ce que cela signifiait, nous envoyait du rêve ! C'est celle-là que nous voulions pour Marcel…

Lundi 9 novembre 2015, 6 heures du matin. Les yeux encore bouffis et le cœur battant, nous sommes conduits dans une salle pour la prise de sang. Pauvre Marcel. Ses veines semblent trop fines, ou trop profondes, ou trop je ne sais quoi. En tout cas, il faut moult tentatives avant que le sang n'apparaisse enfin dans la seringue. Moi qui déteste les piqûres et les prises de sang, je voudrais tant qu'on me pique et me repique à la place de mon petit garçon.

On nous informe que les résultats ne reviendront que le lendemain soir. Et qu'ils seront provisoires… Attendre, encore. Y croire de moins en moins et pourtant s'y faire, déjà.

Première semaine avec Marcel

De retour dans notre chambre, Maman me serre tout contre elle, bien au chaud contre sa peau. Je ne sais pas qui d'elle ou de moi a besoin de réconfort… Ensemble, on attend, mais la vie ne s'arrête pas, nous avons tant de choses à découvrir en famille.

Il est 8 heures, Sylvain doit s'absenter pour se rendre à son travail ; j'ai accouché en avance et personne là-bas n'avait prévu son absence aussi rapidement. Je ne sais pas comment il a fait pour rester digne, garder la tête haute et ne pas craquer. Je pense qu'il avait activé le mode « automatique » malgré lui. Il a donc trié ses e-mails, délégué ses dossiers en cours et annoncé qu'il prenait ses onze jours de congé paternité dès le lendemain.

Nous avons appris, trop tard, qu'un parent peut bénéficier de deux jours de congé supplémentaires en cas d'annonce d'un handicap chez son enfant. Aucun de nos responsables des ressources humaines ne nous en a informés. Nous aurions pourtant tous les trois apprécié le bénéfice de ces quarante-huit petites heures supplémentaires ensemble.

À tous les futurs parents qui lisent ces lignes, voici une deuxième information utile : si votre enfant est hospitalisé immédiatement après la naissance, sachez qu'un décret de juillet 2019 a permis l'allongement du congé paternité à trente jours[1].

Seule avec Marcel pour plusieurs heures, je l'observe, comme je ne cesse de le faire depuis trois jours. Qu'il est beau et paisible lorsqu'il dort. Tout en souriant, je caresse du bout des doigts ses joues, son petit nez, sa bouche bien dessinée et son menton tout mignon. Mais dès qu'il s'éveille et entrouvre les yeux, sa trisomie me saute aux yeux et me transperce le cœur. Ses yeux sont toujours un peu gonflés, il n'a pas encore de cils ni de sourcils, derrière la fine ouverture de ses paupières, seul son iris noir ressort. J'ai peur. Peur que son regard ne change pas, car il me met mal à l'aise. Tout comme ses oreilles ourlées. Je m'emploie à tout prix à les plaquer contre son crâne grâce à son petit bonnet. Comme pour cacher ce qui m'a immédiatement fait penser à la trisomie 21 : son regard et ses oreilles. Je veux aimer mon bébé, mais pour cela il faut que son handicap m'apparaisse petit à petit. Chaque chose en son temps.

Je n'avais pas vu qu'il était déjà midi lorsqu'on frappe à la porte pour m'apporter mon plateau et

1. Source www.legifrance.gouv.fr

que Sylvain nous rejoint pendant sa pause déjeuner. Je suis contente, je sais que dans quelques heures ma mère et ma grand-mère vont me rendre visite pour le goûter. Elles savent à quel point je suis gourmande et je suis sûre qu'elles penseront à m'apporter un délicieux Paris-Brest en guise de réconfort.

Lorsqu'elles franchissent la porte de ma chambre froide et minuscule avec des pâtisseries, je me sens déjà mieux. Ma mère me propose de changer d'air, d'aller avec elles à la cafétéria, dans le hall d'entrée de la clinique. Je ne sais pas trop. Croiser des inconnus, sortir de mon cocon, affronter le regard des gens, en suis-je capable ? Sans Sylvain, mon pilier, ça me semble impossible. Nous optons finalement pour un compromis : un petit salon, un peu à l'écart, juste au bout du couloir de la maternité. Nous traversons ce couloir feutré et silencieux et, derrière la porte coupe-feu, dans la partie « générale » de la clinique, je me retrouve comme projetée dans le monde normal que j'ai quitté brutalement trois jours plus tôt. Il y a du bruit, de la vie, des gens. Nous nous installons et je me mets à pleurer à la vue de ce couple heureux, près de nous, qui présente fièrement son nouveau-né à sa famille. Moi, je ne peux m'empêcher de vérifier si Marcel est bien caché dans son couffin, à l'abri des regards.

Cette mini-escapade m'a demandé un effort extrême, mais elle a été finalement très bénéfique car elle m'a permis de me rendre compte que nous n'avions pas été dévisagés, ni pointés du doigt. Personne ne s'était moqué de Marcel. J'ai compris que le monde n'avait pas arrêté de tourner et que l'air était plus frais et léger en dehors de cette chambre. Je me sentais suffisamment forte pour aider à mon tour Sylvain lors de notre première sortie à trois.

Le lendemain, comme tous les nouveaux parents, nous mitraillons de photos notre bébé, que nous commençons vraiment à trouver beau. Ses yeux ne sont plus si gonflés, c'est vrai que ça change tout.

Marcel en peau à peau avec son papa, Marcel qui tète, Marcel qui dort ou qu'on change, Marcel qui suce son pouce, qui ouvre les yeux…

C'est donc remplis d'amour pour lui que nous commençons à envoyer quelques nouvelles par SMS à notre entourage :

> « Un petit coucou à tout le monde pour vous donner des news. Marcel, bien que présumé atteint de trisomie, va très bien. Il ne présente pas beaucoup d'autres signes propres aux personnes porteuses de trisomie 21. En effet, il dort et tète très bien (de qui tient-il cet appétit ?), il est très habile et dynamique, il suit bien du regard et n'a pas de grosse malformation de type cardiaque ou autre. On attend toujours les résultats pour connaître le type de trisomie 21. Nous sinon, ça va, on suit son rythme mais sa bouille à croquer nous ferait tenir des journées entières éveillés ! Nous sommes déjà trop accros à ce petit père. Et, je n'y croyais pas, mais c'est bien vrai, quand on est parent, son enfant c'est le

plus beau. Merci encore mille fois pour tous vos messages qui nous font vraiment chaud au cœur et nous émeuvent. Nous avons hâte de vous présenter Marcel. En attendant, voici quelques photos. Gros bisous. »

Ce message d'espoir est interprété, à juste titre, comme une invitation, et l'un de nos groupes d'amis saute sur l'occasion pour nous demander s'ils peuvent passer tous ensemble le lendemain, profitant du 11 Novembre férié. Impatients de leur présenter Marcel, nous acceptons. Leurs sourires seront notre meilleur antidépresseur face à l'épreuve qui nous attend.

Puis vient l'heure de l'annonce, celle qui va officiellement nous transporter dans le monde parallèle du handicap ou qui va nous permettre, peut-être, de devenir des parents « lambda » et de profiter simplement de notre fils.

C'est en fin de journée que la nouvelle tombe. Mais pour Sylvain comme pour moi, c'est le trou noir. Nous ne savons plus comment, ni quand, ni où, ni qui nous a confirmé que Marcel avait bien une trisomie 21 et qu'elle était très certainement libre et homogène. C'est-à-dire que chacune des cellules de son petit corps comporte 47 chromosomes au lieu de 46. Et merde, c'était pas du tout ce qu'on avait espéré. Dans le pire des cas, nous, on aurait bien voulu une trisomie partielle mais pas la libre et homogène, s'il vous plaît.

Je me souviens que nous n'arrivions plus à faire bonne figure et que nous avons éclaté en sanglots. Trop c'est trop. Nous avons appelé nos parents presque instantanément, qui ont débarqué illico.

Ils sont là, ils seront là. Ils sont toujours là. Ils nous soutiennent et nous aiment. Jamais nous ne les remercierons assez d'être des parents et des grands-parents formidables. Tout aurait sûrement été différent et plus pénible sans eux. Je crois que c'est le moment de le dire : on vous aime.

La semaine passe. Le personnel passe et repasse.

Cela fait maintenant huit jours que je suis à la maternité. L'avantage d'un si long séjour en service de néonatologie, c'est que nous avons vu à plusieurs reprises les mêmes soignantes. Toutes plus gentilles les unes que les autres. Grâce à Laurence, Marie et toutes les autres, nous gardons un très bon souvenir de cette période, malgré la claque énorme qui nous avait assommés dès les premières heures de notre séjour. Des auxiliaires puéricultrices aux sages-femmes en passant par les pédiatres, toutes ont été, sans s'en rendre compte et par leurs petits mots encourageants, leurs sourires, la confiance qu'elles avaient en nous et qu'elles nous témoignaient, un premier tremplin vers l'acceptation.

Nous nous souvenons tout particulièrement d'un entretien avec une pédiatre. Jusque-là, l'une de nos craintes était que les gens ne trouvent pas notre fils beau. Aussi, lorsque d'un regard sincère et de sa voix si douce cette femme nous a dit : « Il est très beau, Marcel », nous avons senti comme un poids s'envoler. Merci, docteur Arberet, nous voilà prêts à affronter les regards et à retrouver le monde normal.

Notre 13 novembre

Les quelques jours qui ont suivi ma naissance ont été un moment vraiment marquant pour mes parents. À cause de la découverte de mon chromosome en plus, mais pas seulement...

Vendredi 13 novembre, aux alentours de midi, nous sommes autorisés à rentrer chez nous après une semaine hors du temps qui aura changé notre vie à tout jamais. Marcel a repris son poids de naissance et nous nous sentons prêts à prendre notre envol et affronter le Monde. Je pense encore, à ce moment-là, que je me souviendrai de cette date parce qu'elle correspond à l'anniversaire de ma mère et que c'est un joli cadeau...

La journée est ensoleillée, dans le ciel et dans nos cœurs. Nous retrouver rien que tous les trois dans notre appartement nous fait un bien fou. Les messages se succèdent dans nos téléphones, nos amis se réjouissent de la photo envoyée sur laquelle nous sommes tout sourire. Le soleil inonde notre appartement d'une lumière qui, pour la première fois depuis huit jours, nous donne bonne mine.

C'est le cœur léger que nous nous couchons. Tôt.

Avant.

Avant cette sombre nuit qui a marqué l'histoire de la France et qui nous a marqués personnellement.

14 novembre 2015. Après une petite nuit entrecoupée de tétées, nous nous réveillons heureux. Jusqu'à ce que nous surfions sur Internet et sur les réseaux sociaux. Ce que nous lisons nous terrifie. Nous sommes pétrifiés. Horrifiés. Écœurés. Et inquiets. Nos amis parisiens n'ont pas tous indiqué « *safe* » sur leur statut Facebook. Que s'est-il passé ? Comment vont-ils ?

Nous découvrirons plus tard, par le témoignage d'une amie otage des terroristes, ce qui s'est joué à l'intérieur du Bataclan.

Marcel, mon chéri, dans quel monde t'avons-nous donné la vie ?

Nous n'avons plus le droit au bonheur, c'est ça ?

Mais cet événement tragique nous aura permis une chose : relativiser le handicap de Marcel. Nous sommes en vie et la vie est précieuse. Profitons de chaque instant avec notre bébé, comme il est.

Une période très longue de nuits difficiles a commencé avec ces événements tragiques. Dans mon sommeil, des terroristes en avaient particulièrement après Marcel, il fallait que je le protège coûte que coûte. Ils étaient partout, dans chacun de mes rêves qui devenaient des cauchemars, chaque nuit, pendant des mois.

J'ai passé maintes nuits très agitées pendant lesquelles je me redressais brusquement dans le lit en criant : « Marcel ?! Où est Marcel ?! » tout en cherchant à tâtons mon petit garçon dans les draps autour de moi. Le temps aura été le meilleur remède contre ces terreurs nocturnes, associé sans doute à quelques séances suivies chez une nouvelle psychologue autour des trois mois de Marcel.

Paperasse et démarches

Heureusement que derrière tous ces sigles et ces noms bizarres qui rythment le quotidien des personnes porteuses de handicap se cachent des professionnels de santé incroyablement dévoués et accueillants. Je ne me lasse pas de cette tribu de femmes qui prennent soin de moi et à qui je peux faire mon numéro de charme !

Après l'annonce du handicap de Marcel et alors qu'il n'a que quelques jours et que nous sommes encore en « unité kangourou », un service dédié aux nouveau-nés fragiles qui ne nécessitent pas de soins intensifs, on nous parle déjà de la prise en charge à mettre en place, des démarches à effectuer, du suivi médical dont il aurait besoin, des personnes qu'il allait falloir rencontrer, etc. Des mots, des sigles et des acronymes que nous n'avons jamais entendus. Un vocabulaire totalement nouveau pour nous. Cette vague d'informations nous a submergés. Nous n'arrivions plus à savoir quoi faire, dans quel sens aborder les choses et par quel bout commencer…

La plupart des parents, à la maternité, entendent simplement : « Félicitations, c'est un beau bébé. Bonne continuation ! » ; nous, nous avons eu droit à un discours un peu plus étoffé et, comment dire ?... plus pragmatique.

« Le test sanguin confirme une trisomie 21. Le caryotype précisera s'il s'agit d'une trisomie libre et homogène, en mosaïque, partielle ou par translocation...

Quoi qu'il en soit, une personne atteinte de trisomie a un taux d'invalidité de 80 % et une prise en charge ALD*[1]. Vous devez donc faire un dossier MDPH* pour Marcel. Votre fils aura besoin d'être suivi par un CAMSP* en attendant d'être accompagné par un SESSAD*. Mais comme la liste d'attente est longue, nous vous conseillons de prendre contact avec l'association Trisomie 21 Ille-et-Vilaine qui vous communiquera les coordonnées des libéraux spécialisés. Le CDAS* et la PMI* de votre quartier peuvent vous aider également.

Si vous devez réduire votre temps de travail, sachez que vous avez droit aux AJPP*, attribuées par la CAF*, et, avec l'accord de la MDPH aux compléments AEEH* (mais pas à l'AEEH) versées par la CPAM*.

Voilà, je pense que nous avons fait le tour...

1. Retrouvez tous les termes suivis d'un astérisque dans le glossaire situé en fin d'ouvrage.

Félicitations, c'est un beau bébé. Bonne continuation ! »

Il y a de quoi en perdre son latin, non ? Nous étions complètement perdus. Pourtant, nous avons pris les choses les unes après les autres et finalement réussi à mettre de l'ordre dans cette jungle administrative, alors que Marcel n'avait que trois semaines.

Nous avons d'abord rencontré la pédiatre et la directrice du SESSAD Trisomie 21. Ces dernières nous ont avoué n'avoir jamais eu à faire à un aussi petit garçon porteur de trisomie 21. En effet, les parents ne prennent habituellement pas contact avec le SESSAD tant que la demande de suivi n'est pas accordée par la MDPH, soit plusieurs mois (parfois des années) après la naissance. Nous avons bien reçu quant à nous une notification nous accordant ce suivi. Ce qui fait défaut, c'est le manque de moyens (et donc de places) pour que Marcel soit véritablement pris en charge par ces services. Et pour cause : la liste d'attente pour bénéficier d'un suivi par l'ensemble des professionnels du SESSAD est très longue. Alors qu'on nous annonçait de deux à trois ans à sa naissance, au moment où j'écris ces lignes, Marcel a déjà quatre ans et il est toujours sur liste d'attente… Il faut donc continuer à attendre patiemment qu'une place se libère (déménagement d'une famille dans un autre département, enfant porteur de trisomie 21 devenu adulte, etc.).

Elles nous confirment donc que Marcel a bien été mis sur la longue liste d'attente et nous transmettent les coordonnées de Carine, une maman de l'association qui s'occupe de l'accueil des nouvelles familles. Lorsque nous prenons rendez-vous, chez elle, nous lui demandons s'il est possible de se rencontrer en journée, sans que son fils de treize ans soit présent au domicile. Nous ne nous sentons pas prêts à être confrontés à notre propre futur et à rencontrer d'autres personnes avec le même syndrome. Marcel a un mois et nous devons apprivoiser ce chromosome surnuméraire étape par étape.

Carine nous reçoit dans son salon avec des petits gâteaux. Je ne sais pas si c'est le cas de tous les parents qui la rencontrent mais nous, nous aimons son franc-parler et sa franchise. Non, ce n'est pas facile tous les jours, oui il faut se battre, non il ne faut pas les sous-estimer et oui il faut constamment les booster, ces enfants extraordinaires.

Le temps passe vite et après deux bonnes heures à discuter des démarches à mettre en place et des professionnels rennais à contacter, nous voyons arriver, au fond du jardin, Candice et son frère Antoine. Le stress monte mais les sourires d'Antoine font redescendre la pression. Il est drôle, touchant, percutant, attendrissant. Et il a une sacrée repartie ! Bref, finalement nous voilà rassurés. Certes la différence se voit et s'entend, mais quel garçon attachant. Depuis, chaque fois que nous passons un moment avec lui, il me fait comprendre avec humour que je devrais laisser tomber Sylvain pour me marier avec lui ! Il a même fait de l'œil à mon père pour avoir son approbation... Vous voyez un peu le phénomène !

Après ce rendez-vous, nous voilà donc munis de la fameuse « check-list » indiquant quels professionnels consulter, selon quelle fréquence et à partir de quel âge. Maintenant, c'est à nous de gérer la mise en place du suivi médical précoce (et la rédaction du dossier MDPH, entre autres).

Aujourd'hui, comme Marcel est toujours sur liste d'attente pour le SESSAD Trisomie 21, nous effectuons son suivi principalement en cabinets libéraux. Seule la psychomotricité se fait en centre spécialisé (CAMSP). J'en profite pour glisser ici que tous ces professionnels font notre bonheur. Je devrais d'ailleurs plutôt dire *toutes ces professionnelles*, car ce ne sont que des femmes qui entourent Marcel. Merci encore à vous toutes, mesdames.

Marcel a donc été vu, ausculté, détaillé, par des professionnels de santé dès ses premiers mois de vie. Cet accompagnement précoce est proposé aux tout-petits « pour permettre de soutenir le développement du schéma neuro-moteur, de la motricité fine et globale, de la communication et du langage, du schéma corporel et de la perception de l'environnement. Il respectera le rythme de l'enfant et conservera toujours un aspect ludique [...] Les acteurs de cette prise en charge précoce de l'enfant et de la famille sont, avec le médecin et le psychologue, les psychomotriciens, kinésithérapeutes et orthophonistes[1] ».

Les tout premiers rendez-vous ont donc été pris pour mettre en place ce suivi auprès de ces professionnels et vérifier qu'il n'y avait pas d'autres complications parfois associées à la trisomie 21 : cardiologue, ophtalmologue, ORL, échographie des hanches, de la vessie, du cerveau.

C'est avec l'échographie cardiaque que nous avons commencé notre tournée, en décembre 2015. Marcel n'avait que quelques semaines. Nous étions tellement stressés...

Nous avions lu que quasiment un enfant porteur de trisomie 21 sur deux naît avec une malformation cardiaque pas forcément détectée pendant les échographies de grossesse. Certaines malformations sévères pouvaient aller jusqu'à l'opération à cœur ouvert... Nous étions à peine en train d'apprivoiser le handicap de notre petit garçon et nous redoutions

1. Dr Bénédicte de Fréminville, Annie Nivelon, Renaud Touraine, *Suivi médical de la personne porteuse de trisomie 21*, Trisomie France, 2007.

de devoir assumer un nouveau coup de massue sur nos têtes.

Nous sommes entrés dans la salle d'échographie très impressionnés. Une fois Marcel déshabillé, la cardiologue a collé des électrodes sur son tout petit corps. Elle a écouté son cœur, l'a scruté à l'écran. Lorsqu'elle est sortie de son silence, elle nous a dit : « Le bilan n'est pas parfait mais extrêmement rassurant. Marcel n'a qu'une toute petite communication interventriculaire, c'est un petit trou entre l'oreillette droite et l'oreillette gauche de son cœur qui normalement se fermera seul dans les semaines ou les mois à venir. » Nous avons fondu en larmes de soulagement. Nous n'aurions donc pas « ça » à gérer et digérer en plus.

Un an plus tard, lorsque nous avons revu cette cardiologue pour faire un contrôle, sans ce stress, sans cette peur qui nous avait habités la première fois, nous l'avons regardée calmement faire une nouvelle échographie et un électrocardiogramme à Marcel. Nous sommes ressortis le cœur léger car l'étude de l'activité électrique de son cœur avait révélé qu'il s'était bien fermé tout seul. C'est qui le warrior ?

Après cette première étape de notre parcours suivait le rendez-vous avec une généticienne du CHU de Rennes, en janvier 2016. Celui-ci ne risquait pas de changer notre vie : tellement de temps – hors du temps – s'était écoulé depuis la naissance de Marcel que la confirmation du diagnostic nous semblait plutôt inutile.

« L'analyse du caryotype confirme bien qu'il s'agit d'une trisomie 21 dite libre et homogène.

— Mmm, d'accord. »

So what ?! On s'y est fait, nous, en deux mois.

« Comme il s'agit de la forme la plus fréquente, cela signifie qu'a priori vous n'êtes pas, vous, parents, porteurs du gène. Vous n'aurez pas plus de risque qu'un autre couple d'avoir d'autres enfants porteurs de trisomie 21. »

A priori ? C'est censé nous rassurer ?

*

Mettre en place le suivi médical précoce d'un nourrisson porteur de trisomie 21, c'est un peu comme passer des castings et se faire recaler parce qu'on n'a pas le profil recherché… On a tout entendu, à l'occasion de ces rendez-vous.

Après un nombre incalculable de tentatives, lorsque j'ai enfin obtenu un rendez-vous téléphonique au CAMSP du CHU – auprès du professionnel qui nous avait été recommandé –, j'étais surexcitée : mon fils allait pouvoir bénéficier du suivi qu'il méritait ! Excitation de courte durée… trois minutes d'entrevue ont suffi à me faire passer d'un bonheur immense à une incompréhension infinie.

« Attendez, vous m'avez dit qu'il était porteur de trisomie 21, c'est ça ?

— Oui, tout à fait !

— Est-ce qu'il a une malformation cardiaque ?

— Oui, il a un petit trou, mais qui va se refermer tout seul.

— Ah ! désolé, madame, on ne suit que des jeunes avec d'autres complications !

— Euh... bah, il a une trisomie 21, quand même. C'est déjà pas mal, non ?

— Non, désolé, ce n'est pas possible. »

Une autre fois, alors que je tentais d'obtenir un rendez-vous pour surveiller la vision de Marcel, comme on nous l'avait suggéré à la maternité, je suis tombée des nues.

« Alors, alors, voyons voir... oui ! J'ai de la place pour des nouveaux patients ! En revanche, ce n'est pas avant l'année prochaine.

— Mais on est en janvier ?

— C'est ça ou rien. »

Pourtant, après des dizaines de coups de téléphone et autant d'e-mails envoyés, tout s'est bien goupillé. Marcel a pu commencer ses séances avec la kinésithérapeute et l'ostéopathe dès trois mois, la psychomotricienne, l'orthophoniste et la dentiste dès quatre mois, l'ORL vers six mois, la kiné respiratoire, l'orthoptiste et l'ophtalmologue vers neuf mois. Puis, la pneumologue lorsque son asthme du nourrisson a été confirmé, vers quatorze mois.

Les mois qui suivent une naissance sont habituellement bien remplis pour une femme, entre l'apprentissage du plus grand rôle de sa vie, la découverte de son enfant, les nuits sans sommeil, la rééducation de son périnée et les tétées (ou les biberons) à volonté. Alors, ajouter à cela des rendez-vous médicaux pour son enfant porteur de handicap, ça rythme les journées et flingue assez vite les semaines…

Tout était chronométré, millimétré à l'avance. L'heure des tétées, le temps de digestion, la durée des trajets, l'heure des rendez-vous. J'anticipais aussi les reflux gastro-œsophagiens dont souffrait Marcel. Je prévoyais donc toujours, au minimum, une tenue de rechange et un lange. Ses régurgitations étaient vraiment très fréquentes jusqu'à ses treize mois, lorsqu'enfin il s'est tenu assis. Elles ont duré un an encore, jusqu'à ce que Marcel se mette debout puis marche, à vingt-sept mois. Ce problème, dont ma foi j'ai oublié l'existence aujourd'hui (merci à mon cerveau de ne retenir que les meilleurs moments !), était pourtant dur à supporter et ajoutait une réelle difficulté à notre quotidien.

S'il y a bien quelque chose qui me déchirait le cœur, c'était de devoir réveiller Marcel profondément endormi et si paisible pour l'emmener chez un professionnel. Fort heureusement, Marcel se réveillait presque toujours avec le sourire et il était obéissant et volontaire pendant les séances. Il donnait tout pendant ces rendez-vous, on sentait déjà son envie de prouver à tous qu'il avait sa place et qu'il se battrait pour être reconnu à sa juste valeur. Mon héros. Mon héros s'écroulait de fatigue sur le trajet de retour et je devais le réveiller de nouveau pour regagner notre domicile. Un crève-cœur !

Je me souviens, un après-midi de printemps, m'être effondrée en larmes chez mes parents. C'était très dur de voir des parents se promener avec leur enfant en poussette et flâner dans les rues alors que je ne sortais que pour courir d'un rendez-vous à l'autre avec mon bébé sous le bras.

Je rêvais de moments simples pendant lesquels on ne regarde pas sa montre mais simplement son bébé qui dort, puis qui se réveille tranquillement. Je voulais sortir, moi aussi, juste pour prendre l'air avec Marcel. Mais les sorties dédiées à nos rendez-vous médicaux respectifs étaient si fréquentes que j'étais épuisée et n'avais pas la force de sortir seulement pour le plaisir de la promenade.

Heureusement, nos visites incessantes chez les professionnels sont aussi des moments de réelle joie. Depuis sa naissance, nous savons que Marcel acquerra les choses plus lentement. Une fois cette notion intégrée et acceptée, chaque étape franchie est source de joie, de bonheur et de fierté. Marcel a réussi à s'asseoir tout seul pour ses seize mois seulement alors qu'un enfant le fait généralement plutôt entre huit et dix mois. C'était long mais peu importe, finalement. Et il est si souvent félicité pour ses progrès chez les professionnels qui le suivent que nous sommes régulièrement rassurés et encouragés pour notre patience.

Accepter

Au début, la découverte de mon secret a rendu mes parents très tristes, et vraiment inquiets. Je les ai vus beaucoup pleurer. Alors, je faisais tout pour les rassurer et être un bon bébé.

Tu es notre fils. Nous t'aimons plus que tout. Mais il y aura eu au début des moments difficiles où nous ne voyions sur toi que les traits propres à la trisomie 21. Des moments où nous n'arrivions pas à te voir autrement que comme un petit garçon trisomique. Parfois, lorsque tu t'endormais dans mes bras, je passais des heures à t'observer. Et je constatais, seule sur mon canapé : « Ah mais si, là c'est flagrant… »

J'ai beaucoup pleuré en serrant ton petit corps contre mon cœur. Ton papa aussi. Les premiers jours, cela arrivait plusieurs fois dans une même journée. Puis, au bout de quelques semaines, nous ne pleurions plus qu'une seule fois par jour. Deux mois plus tard, nos larmes n'apparaissaient plus qu'une fois tous les deux jours. Puis rien pendant trois jours. Jusqu'à ne plus pleurer que de joie et de fierté, et ce très rapidement. Tu n'avais pas plus de trois mois.

Je me souviens d'avoir de nouveau pleuré toutes les larmes de mon corps quelque temps plus tard. C'était en mars 2016. On peut même dire que j'ai fait ce qu'on appelle un « *bad trip* ».

J'avais répondu à une interview pour le journal *Ouest-France*. L'article était intitulé « Marcel, 4 mois, trisomique, plus beau bébé du monde[1] ». Ce titre ne m'a pas plu car le message que je souhaitais faire passer n'était pas une revendication de la beauté – évidente ! – de Marcel, mais un appel à la tolérance en vue de la Journée mondiale de la trisomie 21.

J'étais malgré tout très fière de ce premier témoignage au grand public, qui a répondu présent en nous rejoignant encore plus nombreux sur la page Facebook de Marcel.

Mais sur le compte Facebook d'*Ouest-France*, sous la publication de ce premier article, quelques commentaires ignobles ont fait surface. « Non, ce bébé n'est pas beau » ; « Avoir un trisomique, la nouvelle mode chez les bobos » ; « Ils devraient avoir honte et le cacher » ; « De quoi elle se plaint, elle avait qu'à avorter », et j'en passe. Au total, il n'y avait

1. Samuel Nohra, *Ouest-France*, 18 mars 2016.

pas plus d'une dizaine de commentaires de ce genre parmi des milliers de témoignages chaleureux, mais ce sont ceux qui m'ont le plus marquée car j'étais encore dans une phase de deuil de l'enfant idéalisé, et toujours fragile. Mais j'ai encaissé.

Enfin, c'est ce que je croyais.

C'est une soirée festive et un peu arrosée à Paris qui m'a brusquement ramenée à la réalité. Non, je n'avais pas digéré ces messages violents. Ni les insultes, ni le handicap d'ailleurs. Alors, sans crier gare, j'ai craqué. J'ai pensé à Marcel, que nous laissions pour la première fois pendant trois jours à mes parents et, sur la piste de danse, j'ai commencé à pleurer, pleurer, pleurer. Je pense que j'avais bu plus que de raison pensant oublier et fermer, le temps d'une soirée, cette plaie ouverte au cœur. Mais raté, je me suis pris le retour du boomerang puissance dix. Nous avons quitté la boîte de nuit. Dans la rue, je pleurais encore, prenant à témoin les personnes qui attendaient dehors : « Mon fils a une trisomie 21. Pourquoi lui ? Qu'est-ce qu'on va faire ? Je suis triste. Marcel ! C'est injuste. » Au beau milieu de la foule, un homme s'est approché de moi et m'a dit : « Mais vous savez, il pourra faire plein de choses, votre petit Marcel ! Il y a un restaurant extraordinaire (Le Reflet) qui va ouvrir ses portes à Nantes bientôt. Tout le personnel sera porteur de trisomie 21. »

Malgré le réconfort que m'a apporté le témoignage de cet homme, j'ai hurlé à n'en plus finir dans les rues de Paris. Je criais comme un animal blessé. Il fallait que le mal sorte de mes tripes, que j'extériorise cette peine immense.

Cet épisode douloureux fut nécessaire pour aller de l'avant. Et surtout, depuis, j'ai appris une chose à propos des réseaux sociaux, très bien illustrée par la métaphore qu'a choisie Romain Guérineau, athlète handisport qui répond au nom de code roro_le_costaud, et que je reprends ici : « Un commentaire déplacé sous une photo ou par message privé, c'est comme un déchet dans un beau paysage ; il a beau être tout petit, on ne voit que lui. Mais il suffit de le ramasser, de le mettre à la poubelle, pour retrouver la beauté du paysage. »

Aujourd'hui, on ne voit plus dans les traits de Marcel que des ressemblances avec son papa ou avec moi. Le haut du visage comme Sylvain, le bas comme moi.

Pourtant, il m'arrive encore de craquer… Comme ce soir de mars 2019. J'étais à mon cours hebdomadaire de badminton, en train de jouer gaiement, comme toujours, avec ma cousine, quand j'ai vu ce type. Il m'avait déjà écœurée, par le passé, avec des propos odieux : « Je n'ai pas envie de jouer avec toi, je n'ai pas de temps à perdre avec les nuls. » Je ne le portais pas dans mon cœur. Cette fois, je le vois regarder les affiches pour la Journée mondiale de la trisomie 21 que j'avais posées sur la table du prof au début du cours en prévision de leur épinglage sur le tableau d'affichage. Tout en continuant de taper dans le volant, je guettais sa réaction. Cette dernière ne s'est pas fait attendre : « Journée mondiale de la trisomie 21... Pffft, n'importe quoi ! C'est ridicule. »

Son dédain et son air au-dessus de tout m'ont rendue dingue. Je sentais l'énervement me gagner et mes jambes commencer à flageoler. Il fallait que je dise quelque chose. J'ai profité d'un regroupement quelques minutes plus tard pour brandir mes affiches et prendre la parole, devant tout le monde, pour mettre les choses au clair une bonne fois pour toutes.

J'ai expliqué, pour faire taire les mauvaises langues, que ces affiches, je les avais faites parce que mon fils, Marcel, que l'on voit dessus, est porteur de trisomie 21. Je n'ai pas hésité à rappeler que le handicap et la maladie nous concernent tous. Ils peuvent nous tomber dessus à la naissance mais aussi à n'importe quel moment de notre vie.

Les matchs ont repris et je n'ai pu retenir quelques larmes. Pas de tristesse – quoique... j'ai une réelle peine pour ce genre de personne –, mais plutôt de rage. Nous avons encore tant à faire pour que notre société soit vraiment inclusive et tolérante. Je me demande bien ce que ces gens inculquent à leurs enfants et quel genre d'adultes ceux-ci deviendront...

De retour à la maison, j'étais toujours contrariée. Il fallait que j'en parle, que je partage cette anecdote avec le plus grand nombre. Sur mon compte Facebook, les mots sont sortis tout seuls et la photo de nous portant fièrement des chaussettes dépareillées collait parfaitement à la situation. À la fin de mon témoignage, j'ai sollicité « notre » communauté, encourageant nos contacts à diffuser ce message s'ils partageaient notre opinion. Il a été partagé 150 000 fois et a eu une portée incroyable : quatre millions de personnes touchées.

Ô ! mon Marcel, pour toi, pour tous les gens « différents », nous ne lâcherons rien !

On n'est jamais à l'abri des regards maladroits, des phrases blessantes et des propos déplacés, croyez-moi. J'ai quand même entendu quelqu'un me dire que les « trisomiques, figurez-vous, ils ont plus de force que les humains » ! J'avais envie de rire tant cette réflexion était irréelle. Si Marcel et ses copains ne sont pas humains, que sont-ils ? Ah mais oui, des super-héros, suis-je bête !

Mais le pire c'est que ces propos ne sont malheureusement pas réservés aux passants que nous croisons dans la rue, dans le train, dans une salle d'attente ou sur les terrains de badminton. Certains professionnels manquent parfois cruellement de tact...

La toute première fois que Sylvain et moi avons été confrontés à cela, Marcel était encore minuscule.

Il pesait 3 kg à peine. Le médecin contrôle silencieusement son poids, sa taille, son périmètre crânien et tout le reste, avant de nous demander : « Et sinon, tout va bien ?

— À part la trisomie 21, oui ! répondons-nous en chœur avec une note d'humour noir.

— Ah, vous êtes au courant ? Non, parce que ça m'a sauté aux yeux mais je ne savais pas si vous le saviez », réplique, comme soulagé, l'individu.

Avant d'ajouter tout haut une phrase qu'il aurait dû penser tout bas, en parlant des enfants porteurs de trisomie 21 : « Je ne sais pas pourquoi c'est vers moi qu'on les envoie maintenant… »

Lors d'une consultation chez une ostéopathe, la personne qui nous reçoit regarde Marcel et me dit : « Il est mignon !

— Merci ! répondis-je fièrement.

— C'est vrai, pour un bébé trisomique, il est beau. »

Ah… Et pour un bébé-tout-court, il est comment ?

Cette autre fois, c'est une jeune femme installée derrière le bureau d'accueil d'un dentiste qui me demande l'âge de Marcel et combien de dents il a. Dans un grand sourire et avec une fierté non dissimulée de maman, je lui réponds : « Il a bientôt dix-huit mois et une dent et demie !

— Eh ben, pour être en retard, il ne fait pas semblant, hein ! »

L'épisode le plus récent, dans la catégorie « manque de tact », date de fin septembre 2019. Marcel est alors épuisé par le rythme intense de la rentrée, il ne se débarrasse pas d'un rhume carabiné et sa toux commence à nous inquiéter (pourvu que tout ceci ne se transforme pas en bronchiolite). Je décide de me rendre, pour la première fois, chez le généraliste qui consulte juste en face de l'école. Ce sera plus pratique que d'aller chez sa pédiatre habituelle qui se trouve en plein centre-ville de Rennes. Oh ! l'expérience fut intéressante… et Marcel, assis juste à côté de moi, n'en a pas loupé une miette :

« C'est votre premier ? me demande le médecin.

— Oui !

— Mmmh… ça n'a pas dû être facile, l'annonce.

— Non, effectivement, mais c'est loin maintenant.

— Vous en avez d'autres ?

— Un autre, oui.

— J'imagine que vous avez fait une amniocentèse, cette fois !

— Euh… oui.

— Et vous avez fait les tests, pour vous, les parents ? Vous n'êtes pas porteurs ?

— La généticienne nous a confirmé qu'il s'agissait d'une trisomie libre et homogène et que nous n'étions pas porteurs du gène.

— Ah, c'est vraiment de la malchance, alors !
— Ou… de la chance…
— … Chacun voit ça comme il veut…
— Imbécile ! »

(Je n'ai pas prononcé ce mot, mais je l'ai pensé si fort qu'il a dû l'entendre !)

Et je ne compte pas le nombre de fois où des professionnels de santé se sont montrés très surpris quand nous leur avons appris que la trisomie 21 de Marcel n'avait pas été détectée pendant ma grossesse. C'est si aberrant et surtout très agaçant, à force. Nous avons l'impression de devoir justifier constamment de la vie de Marcel. Ces gens voudraient que nous leur répondions quoi ? « Promis, si on l'avait su pendant la grossesse on l'aurait bazardé, mais là ce n'est pas de notre faute, il est passé entre les mailles du filet… »

Tous les chemins mènent à Rome

24 février 2017. Aujourd'hui, pour la première fois, j'ai réussi à m'asseoir tout seul ! Mais siiii ! Je vous jure ! Quand la super équipe de la crèche a dit ça à Maman, elle en avait les larmes aux yeux ! Je l'ai refait ce soir devant mes parents. Je crois bien qu'ils sont particulièrement fiers... Un sacré pas en avant ! Ce n'est pas très protocolaire la façon dont je le fais, mais who cares ?

Le quotidien de Marcel que nous partageons sur Facebook et Instagram est celui de beaucoup d'autres petits garçons et petites filles de son âge. Depuis sa naissance, ses apprentissages et ses progrès sont nombreux, même si les étapes ne se font pas au même rythme. Se retourner sur le dos lorsque l'on est nourrisson, s'asseoir tout seul puis se mettre debout, parler, être propre, apprendre à lire, à écrire, à jouer d'un instrument de musique, faire du sport, apprendre ses leçons, faire des études, travailler, acquérir son autonomie...

Tous les chemins mènent à Rome, c'est l'expression qui me vient à l'esprit en écrivant ces lignes. Une minorité de personnes est en capacité de se rendre dans la capitale italienne en jet privé. Beaucoup prennent l'avion ou font le trajet en voiture, par l'autoroute, avec une vitesse de croisière de 130 km/h.

Nous, ce sont les petites routes que nous empruntons, celles qui sont habituellement conseillées en itinéraire bis en cas de travaux ou d'embouteillages et sur lesquelles on n'excède jamais les 70 km/h. Avec notre voiture un peu cabossée qui passe difficilement le contrôle technique, nous parcourons la campagne, à travers les champs de coquelicots et les jolis villages de France. Certes la route est plus longue et parfois décourageante quand on s'y perd ou qu'on tombe en panne et qu'il faut pousser la voiture. Mais le voyage n'est pas plus désagréable. Au contraire. Nous prenons le temps de profiter de chaque instant et de l'essentiel. Chaque étape est une victoire. Nous voyons en chemin des choses magnifiques dont nous n'avions jamais soupçonné l'existence. Surtout, nous rencontrons une multitude de personnes que nous n'aurions jamais croisées en prenant la route « normale ».

Qui sait, peut-être que nous n'irons pas à chaque fois jusqu'à Rome, mais est-ce bien important si tout le long de cette route nous sommes heureux ?

La force des réseaux sociaux

J'aime qu'on me raconte des histoires sans queue ni tête et qu'on me chante des chansons, j'aime quand Papa joue approximativement de sa guitare pas accordée et que Maman me prend dans les bras pour danser, j'aime détailler les personnes qui m'entourent pour les imiter et les faire rire, j'aime prendre les chemins de terre à califourchon sur mon tricycle ou faire des galipettes sur le lit de mes parents avec mon petit frère Basile. J'aime mes parents, mon petit frère, mes grands-parents, mes oncles et tantes, mes cousins et cousines, les copains-copines...

Bref, j'aime la vie et les gens ! C'est peut-être pour ça que mes parents ont décidé de partager mon quotidien sur les réseaux sociaux ?

Assez rapidement après la naissance de Marcel, dans le cadre de la Journée mondiale de la trisomie 21 qui a lieu chaque année le 21 mars, nous avons voulu nous associer à ce projet qui incite à dire « oui » à la différence. Trouvant l'idée sympathique et constatant que l'invitation du World Down Syndrom Day à porter des chaussettes dépareillées pour dire oui à la différence n'était pas assez relayée en France, nous avons souhaité lancer une campagne personnelle mais nous ne savions pas trop sous quelle forme le faire.

Après plusieurs semaines de réflexion, nous avons finalement décidé de créer une page Facebook et de l'alimenter le plus régulièrement possible avec des informations sur le quotidien de Marcel. Notre seul frein quant à ce moyen de communiquer était la divulgation d'éléments de notre vie privée, mais surtout de photos de notre enfant, de nous. Chose que je trouvais jusqu'alors étonnante et que jamais je n'aurais faite si Marcel n'avait pas eu ce petit truc en plus et nous un message fort à transmettre.

Afin de toucher et sensibiliser le plus grand nombre, nous avons choisi d'écrire ces textes à la première personne sur un ton optimiste et humoristique. Et plein d'amour aussi. Un bébé extraordinaire qui prend la parole devrait toucher plus de monde qu'un couple de jeunes trentenaires ordinaires !

Le 6 mars 2016, comme un cadeau pour les quatre mois de Marcel, le projet est lancé. La page Facebook « L'extraordinaire Marcel » est née. Nous nous sentons prêts à encaisser les coups des imbéciles, à leur expliquer que la vie réserve à tous des surprises.

Je prends la plume pour la première fois. Les mots s'enchaînent sans difficulté. Moi qui n'ai jamais brillé en dissertation à l'école, je suis inspirée comme jamais par le sujet. Tu m'étonnes !

Dès le début de l'aventure, nous avons reçu des centaines de messages et des flots de SMS. Pour cette première Journée mondiale de la trisomie 21, un nombre incalculable de photos de chaussettes dépareillées a inondé notre boîte de réception. On en a même reçu du Canada, de Cuba, de Londres et de La Réunion !

Et c'est sans parler des commentaires postés sur notre page.

> « Petit Marcel, ce fut un grand plaisir d'avoir fait ce petit geste. Ça nous a fait rire, les petits loulous et moi. Malgré notre différence, tout le monde a une place sur cette terre. »
>
> « Merci ! Même si pour nous ce n'était qu'éphémère alors que pour toi et tes proches et tous les autres, c'est au quotidien ! Gros bisous, plein de courage à tous. »
>
> « Tous les jours nous devons être tolérants et tous les jours nous devons aimer plus que tout ces personnes avec un petit truc en plus ou en moins. »

Plus nous parlerons du handicap, plus le regard des gens changera. Car c'est bien souvent l'ignorance qui rend méfiant, voire méchant, et qui engendre le rejet et la moquerie.

En prévision de la Journée mondiale de la trisomie 21, nous déployons nos forces pour faire entendre nos voix. En 2017, nous avons choisi de concentrer nos actions sur les équipes sportives locales. Quel accueil nous avons reçu ! Les meilleures équipes rennaises de basket (URB 35), de volley (REC Volley) et de handball (Cesson-Rennes Métropole HB) ont répondu à notre demande et mis en place des actions extraordinaires.

À l'occasion d'un match retransmis sur TV Rennes, les volleyeurs ont joué en chaussettes dépareillées en l'honneur de l'association Trisomie 21 Ille-et-Vilaine, distribué des flyers et des stickers et invité une dizaine de membres de l'association à venir les applaudir.

Même chose avec les handballeurs qui, dans un article de *Ouest-France* publié quelques jours avant la rencontre, ont communiqué sur leur action et encouragé tous les spectateurs à porter des chaussettes dépareillées.

Les grands gaillards de l'URB 35 ont également convié une trentaine de membres de l'association dans le public…

Très vite, notre page de témoignages, de photos et de vidéos a remporté un large succès. Marcel y raconte ses rendez-vous chez la kiné, la psychomotricienne ou la dentiste, parle avec humour de son quotidien et de ses progrès, de ses coups de cafard et de ses moments de bonheur.

Nous souhaitons que les futurs et nouveaux parents de petits bonshommes extraordinaires relativisent, trouvent du courage et du réconfort et, comme certains l'ont déjà fait, qu'ils n'hésitent pas à nous contacter pour obtenir des coordonnées de professionnels et des conseils.

Le 2 mai 2016, deux mois seulement après la création de la page Facebook de Marcel, nous avons ainsi été contactés par l'organisation professionnelle des entreprises du médicament en France (LEEM), qui a pour mission de représenter et défendre l'industrie du médicament, mais aussi de promouvoir et défendre l'éthique, de valoriser l'image de la recherche et du développement des nouveaux médicaments.

Dans le cadre de leur concours annuel « Paroles de Patients », les organisateurs cherchaient des participants pouvant témoigner de façon décalée, drôle et émouvante sur la vie de personnes malades ou handicapées. Touchés par notre histoire, ils nous ont demandé si nous souhaitions concourir. Pour nous, il s'agissait d'un bon moyen supplémentaire de faire connaître notre quotidien, alors nous avons rédigé notre candidature.

Nous étions presque une centaine en lice à présenter nos projets : livre, vidéo, blog, chanson… Le public a été sollicité pour voter pour le témoignage qui le touchait le plus. La page Facebook de Marcel est arrivée parmi les dix finalistes, ce qui nous ouvrait les portes de la finale et donc de la soirée de remise des prix à Paris prévue en octobre 2016. La concurrence (si on peut parler de *concurrence* dans la maladie et le handicap) était rude car les projets étaient tous très beaux et touchants. Nous avons découvert une somme d'histoires émouvantes qui nous ont fait relativiser une fois de plus le handicap de Marcel.

Je pense particulièrement à l'histoire de Gaspard et sa page Facebook « Gaspard, entre Terre et Ciel » alimentée de façon hebdomadaire par ses parents. Ce beau petit garçon aux grands yeux bleus avait la maladie de Sandhoff, une maladie neurodégénérative incurable avec laquelle l'espérance de vie est en moyenne de quatre ans. Quelques mois plus tard, il a succombé à ce mal qui le rongeait. Une expérience très douloureuse qui nous a beaucoup touchés, Sylvain et moi.

Lors de la soirée de remise des prix à laquelle nous étions conviés aux côtés de Benoît, le papa de Gaspard, nous avons d'abord présenté en quelques mots notre projet. Puis, comme pour la cérémonie des César (rien que ça, oui, oui !), la présidente du jury a remis les prix. Le grand prix a été remis à Benoît, et, à titre exceptionnel, un prix a été créé pour Marcel, Sylvain et moi : le prix « Mention spéciale des internautes ». Nous étions très émus d'être récompensés pour notre témoignage et nous sommes repartis avec une envie encore plus grande de partager notre histoire et de montrer au monde entier notre fierté : Marcel.

Voici le discours que j'avais écrit d'une traite une nuit d'insomnie et que je n'ai pas retouché :

« Notre objectif lors de la création de la page Facebook a été de mettre en avant la particularité de Marcel et de parler de son quotidien, qui est celui de tant d'autres.

Nous souhaitions également, en médiatisant son handicap, que les personnes croisées lors de nos balades rennaises et qui auraient entendu parler de Marcel ou qui le reconnaîtraient ne soient pas gênées. Cela fonctionne, nous avons été abordés à plusieurs reprises déjà !

Notre message général est un message de tolérance et d'acceptation de toutes les différences : handicap ou maladie, couleur de peau ou culture, religion ou orientation sexuelle.

Chacun est ce qu'il est, et fait ce qu'il veut, parfois juste ce qu'il peut.

Marcel est exceptionnel, mais il n'est pas une exception. *(Et non l'inverse… comme j'ai pu le dire sous le coup de l'émotion – même si je me suis vite reprise ! Cette boulette, remarquez, a eu l'avantage de me détendre autant que mon audience.)*

Si un jour ça vous arrivait, eh bien rassurez-vous, ça a du bon d'avoir un enfant handicapé ! Tenez, par exemple, grâce à la carte d'invalidité de Marcel, nous pouvons bénéficier de tarifs avantageux à la SNCF, ce qui nous permet d'être là ce soir ! *(Notre petite marque de fabrique, toujours mettre une petite touche d'humour bien noir ! D'autant plus qu'en fait ce n'est pas vrai, car nous n'avons pas obtenu la mention d'accompagnement sur la carte d'invalidité de Marcel, contrairement à d'autres… les inégalités d'une MDPH à une autre…)*

Plus sérieusement, sa particularité génétique nous donne une force énorme et la capacité de faire des choses extraordinaires. Notamment en nous impliquant dans l'association Trisomie 21 Ille-et-Vilaine, dont nous saluons les membres, en apprenant le français signé simplifié, ou encore en prenant la parole ce soir devant quatre cents personnes.

Nous nous démènerons sans cesse pour que son quotidien soit beau et que Marcel et tous les autres soient acceptés et intégrés au mieux dans cette société de la perfection.

Nous souhaitons remercier Marcel, notre super messager qui, en passant à travers les mailles du filet, nous a bien changé la vie mais nous a surtout changés en bien.

Pour conclure et parce que c'est bientôt l'heure du cocktail, j'aimerais vous dire quelques phrases en langue des signes : *S'il vous plaît, je voudrais manger un gâteau au chocolat et boire un jus de raisin. Merci.*

Désolée, nous n'avons fait qu'un cours pour le moment et je n'ai pas appris encore à signer “petits fours et champagne” ! »

Une nouvelle vie commence

Maman a besoin de temps pour organiser notre nouvelle vie. Elle fait ça merveilleusement bien, mais je sens qu'elle est fatiguée par toute l'énergie dépensée. J'espère que si elle prolonge son congé maternité par un petit arrêt, comme le lui suggère son médecin, personne ne lui en voudra…

Au pied du bâtiment dans lequel je travaillais se trouve une jolie petite crèche ; à quelques mois de grossesse, j'y avais pointé le bout de mon nez, pleine d'espoir : « Pourrai-je y mettre mon enfant ?

— Ça dépend… Il faut constituer un dossier pour qu'il soit présenté en commission. Mais l'accord dépend de votre situation familiale, de vos revenus… »

Nous sommes loin de gagner des millions, Sylvain et moi, mais je me doutais bien que travaillant tous les deux, notre chance d'obtenir une place dans cette crèche serait compromise.

Ça n'a pas loupé. Première commission de septembre 2015 : refus.

Lors de la seconde commission, après la naissance de Marcel, grâce au soutien de Marie, la directrice de la crèche qui a défendu notre dossier – et surtout au chromosome surnuméraire de Marcel –, nous avons obtenu notre admission. Youpi ! Étant donné notre organisation ultra-millimétrée et nos emplois du temps quotidiens, cette réponse positive fut un réel soulagement. Le déposer pour la journée si près de mon travail nous éviterait de courir et de faire des kilomètres.

C'est à l'âge de six mois que Marcel a commencé à aller à la crèche. Il a fait une adaptation tout en douceur, pendant un mois complet. La première année, il y passait trois jours par semaine et c'était sans aucune appréhension que nous l'y laissions. Nous l'avons senti immédiatement épanoui avec ses copains et ses copines « ordinaires », et bien entouré par une équipe géniale et à l'écoute. De plus, l'énorme avantage pour notre organisation à ma reprise du travail, c'est que deux des professionnelles qui l'accompagnaient se déplaçaient à la crèche pour ses séances hebdomadaires. Ça allégeait drôlement le reste de la semaine !

Compte tenu de mon accouchement prématuré (j'aurais dû accoucher cinq semaines plus tard, le 11 décembre 2015), mon congé maternité a pris fin début mars 2016, lorsque Marcel avait presque quatre mois. Bien que cette reprise soit « retardée », je me sentais absolument incapable, psychologiquement, de me remettre au travail et de laisser mon bébé. Après en avoir informé mon employeur, j'ai donc demandé à mon médecin traitant de prolonger mon arrêt. Entre les démarches administratives en cours, les dossiers à constituer, le suivi médical à mettre en place et les soins quotidiens de Marcel, toutes ces choses qui me demandaient énormément de temps et d'investissement, j'étais épuisée.

Ajoutons à cela, bien évidemment, la première raison pour laquelle je n'étais pas prête : la *digestion* du handicap. Le bouleversement était encore trop frais.

Alors qu'à mon poste d'assistante de direction et du service Ressources humaines je voyais défiler les arrêts de travail abusifs et répétitifs, j'ai été choquée de recevoir une convocation de la CPAM pour prouver que mon arrêt était justifié… Comme si j'avais besoin de gérer un énième rendez-vous à l'extérieur avec un nourrisson. Un tout petit bébé déjà réveillé à chacune de ses siestes pour des consultations en tout genre…

Je me souviens être arrivée à la CPAM en petite forme. Assise dans la salle d'attente, j'observais alternativement Marcel et les autres personnes, autour de moi, qui me semblaient, elles, en super forme. Alors, oui, je sais qu'il y a des handicaps invisibles et qu'il ne faut pas juger sans savoir, cependant je n'ai pu m'empêcher de pleurer car je trouvais révoltant de devoir justifier mon état de détresse. À peine avais-je mis le pied dans le bureau du médecin, à peine avais-je prononcé le mot trisomie 21, que cette dernière, confuse, m'a confirmé que je pouvais sans problème prolonger de nouveau mon arrêt et que je ne serais plus dérangée pour légitimer ce dernier. Quelle perte de temps et d'énergie !

Après avoir prolongé mon arrêt une deuxième fois afin de me reprendre en main et me sentir vraiment d'attaque, je suis retournée travailler début juin 2016. Marcel ayant fait son adaptation à la crèche, j'allais reprendre le boulot assez sereinement.

Pour gérer le quotidien de Marcel, c'est moi qui allais réduire mon temps de travail. Entre Sylvain et moi, le choix s'était fait ainsi pour deux raisons. L'instinct maternel, d'une part, mais aussi par rapport à un calcul simple : la perte de salaire la moins conséquente. En raison de mon emploi du temps très chargé avec les rendez-vous de Marcel, j'avais demandé à mon directeur si une reprise à 60 % serait possible. Après accord de sa part, j'ai constitué mon dossier de demande d'AJPP que j'ai envoyé à la CAF.

Mais dès ma première semaine de reprise, j'ai compris que ce temps partiel allait être difficile à gérer.

Une nuit, nous avons dû appeler SOS-Médecins car Marcel faisait une mauvaise laryngite qui s'était transformée en bronchiolite qu'il a fallu traiter avec des séances de kiné respiratoire quotidiennes. Autant vous dire qu'après quelques semaines comme ça, j'étais déjà sur les rotules.

Mais reprendre mon activité m'a permis de garder un pied dans le monde normal et de penser à autre chose qu'au handicap et tout ce qui tourne autour. J'avais même l'impression que les heures passées au travail étaient mes moments de détente. Il faut dire que j'avais une très bonne équipe de collègues, aussi.

À partir de décembre 2018, après un congé maternité de sept mois qui a suivi la naissance de Basile, notre deuxième garçon, j'ai changé de job. Je savais, en partant en congé maternité en début d'année, que je ne reviendrais pas. Je ne savais pas où, ni quand, ni comment, mais il était temps pour moi de changer d'air. Et parce que j'ai l'impression qu'il n'y a pas de hasard, une personne bienveillante que j'avais rencontrée grâce aux réseaux sociaux (et donc grâce à Marcel) et avec laquelle j'avais sympathisé m'a proposé de la rejoindre dans la belle aventure qu'elle avait lancée deux ans plus tôt : Mon Petit Poids.

Après avoir passé un peu plus de quatre années dans une multinationale du bâtiment, je me retrouvais dans une minuscule PME dédiée à la création de bijoux. Comme la charge de travail liée à cette création de poste était lourde, j'ai accepté d'augmenter mon temps de travail et de passer aux quatre cinquièmes…

Quelle course contre le temps ! Entre mon rôle de maman, celui d'aidante pour le suivi médical de Marcel (qui est à lui tout seul une occupation quasi à temps plein), d'intendante dans la maison, de *community manager* sur les réseaux sociaux, de *customer happiness agent* au travail, d'amie dans mes relations sociales (devenues trop rares), de femme dans mes projets personnels (dont l'écriture de ce livre !), et mon rôle d'épouse aussi, bien sûr, j'avais l'impression de ne jamais être à la hauteur, d'avoir toujours en tête un milliard de choses, d'être constamment en recherche de sommeil.

La fameuse charge mentale, c'est bien ça ?

En septembre 2019, après neuf mois aux côtés de ma chère Sarah, j'ai mis fin à notre collaboration pour me consacrer à l'écriture de ce livre, aux rendez-vous de Marcel et à l'éducation de mes deux petits garçons, aux réseaux sociaux et à tous les papiers administratifs en retard.

Un an, on fait le bilan

Ça y est, demain je vais souffler ma première bougie, déjà ! Un an qui aura bien changé la vie de mon entourage. Un an qui aura permis, je l'espère, de changer le regard sur la trisomie 21 et le handicap en général. Un an qui aura aussi été marqué par les rendez-vous médicaux : Maman en a répertorié près de deux cents en trois cent soixante-cinq jours... Qui dit mieux ?

Pour le premier anniversaire de Marcel, le 6 novembre 2016, nous avons décidé de faire un point sur l'année écoulée. On n'a pas été déçus.

Trente-cinq séances chez la kiné motrice, une quinzaine chez la psychomotricienne, cinq avec des ostéos.

Il a vu presque quinze fois l'orthophoniste et dix fois la dentiste. Bien que ce joli petit garçon d'un an n'ait toujours pas de dents – cela ne l'empêche pas d'engloutir tout ce qu'on lui propose au déjeuner –, il en est à son quatrième appareil dentaire, appelé plaque palatine, pour stimuler les différentes parties de sa bouche.

Son chromosome surnuméraire nécessitant aussi la surveillance de son audition, de sa vision, de son cœur et de sa thyroïde (à quand *La Trisomie 21 pour les nuls* répertoriant toutes les démarches, les aides, les professionnels à consulter ?), ce petit bonhomme haut comme trois pommes a donc eu droit pour le moment à trois rendez-vous chez l'ORL (avec un bilan très mitigé la première fois et plutôt très optimiste au dernier), chacun durant environ trois heures et demie (!), deux chez l'orthoptiste, un chez l'ophtalmo et un autre chez la cardiologue.

Pour la thyroïde, notre petit garçon a déjà bénéficié de trois prises de sang ne révélant – pour le moment – rien d'alarmant. Ouf.

Entre les simples contrôles et les vaccins, les consultations pour fièvre ou laryngite, Marcel est également allé rendre visite à ses pédiatres une vingtaine de fois.

Quant à l'échographie classique des hanches réalisée sur les nourrissons bretons (en raison d'une forte disposition à la luxation congénitale de la hanche dans cette région), elle a révélé une paroi de la vessie un peu trop épaisse. En plus de deux nouvelles échographies de contrôle, Sylvain et moi avons donc été missionnés pour vérifier que le jet de Marcel était efficace. Le nombre « d'accidents » survenus au moment de changer sa couche a prouvé que tout était en ordre. Marcel aime d'ailleurs rassurer ceux qui le changent et leur montrer que tout fonctionne bien !

Pour pallier les problèmes récurrents de régurgitation et de remontées acides, qui engendrent une guérison plus lente et compliquée de ses bronchiolites, mon petit garçon a ingéré en un an l'équivalent de deux litres et demi de Gaviscon, une centaine de sachets d'Inexium, quatre tubes de Ventoline et quatre autres de Flixotide. Ce traitement de fond ne suffisant pas, il est allé environ quarante fois au cabinet de kiné respiratoire en cinq mois pour l'aider à tousser et à désencombrer ses bronches…

Depuis ma reprise du travail le 1er juin, soit en quatre mois, j'ai déjà posé trente-huit AJPP afin de l'accompagner à tous ces rendez-vous.

Voilà un bref résumé de la première année de Marcel. Que nous réserve la deuxième ?

Agenda de ministre

Si vous aussi vous aimez les gens avec leurs différences, soyez indulgents avec moi et ma famille : mon emploi du temps est extrêmement chargé en rendez-vous chez des professionnels de santé (que des chouettes nanas, je suis ravi !)… c'est la course !

Vous l'aurez compris, en semaine, l'agenda de Marcel est bien plus rempli que celui de certains d'entre nous. Quand on dit qu'il a un agenda de ministre, nous exagérons à peine : kiné, orthophoniste, psychomotricienne, ORL, dentiste, cardiologue, orthoptiste, ophtalmo… Et quand il n'a pas de rendez-vous, nous devons le stimuler à la maison : petit, en lui massant le corps et le visage, et à présent en lui installant sa plaque palatine, ou en inventant mille astuces pour favoriser ses apprentissages.

Afin d'organiser au mieux les allers et retours chez tous ces praticiens, j'ai toujours aménagé mon emploi du temps en fonction de ses rendez-vous : à la suite de mon congé maternité, je ne travaillais plus les lundis et mardis. Les mercredis et vendredis, Marcel était à la crèche, endroit idéal pour son intégration sociale, et les jeudis, c'était sa mamie qui s'occupait de lui les premiers mois. Avec elle, il est à bonne école : mère de trois enfants et institutrice de maternelle à la retraite, elle est la grand-mère idéale !

Dès la rentrée de septembre 2016, nous avons décidé d'augmenter le temps de présence en crèche en l'y mettant trois jours par semaine, puis progressivement quatre. Ainsi, lorsque Marcel a pris le chemin de l'école deux ans plus tard, il avait l'habitude de jongler entre la collectivité et sa prise en charge médicale.

Si vous n'avez pas peur d'attraper le tournis en lisant le détail de tous ces rendez-vous, je vous propose d'en faire un peu le tour avec moi !

Magalie, l'orthophoniste

Il y a, pour commencer, les séances chez Magalie, l'orthophoniste. Elle exerce au sein du SESSAD de Saint-Grégoire, spécialisé en trisomie 21, situé à quelques kilomètres de la maison, mais cet établissement est tellement prisé qu'il y a près de quatre ans d'attente avant de pouvoir y être suivi… C'est donc dans son cabinet en ville que cette praticienne reçoit Marcel sur son temps en libéral.

Marcel n'avait pas encore quatre mois quand il a commencé les séances avec Magalie. Il faut débuter très tôt ce travail en raison de l'hypotonie (le manque de tonus) qui touche généralement les muscles orofaciaux des personnes porteuses de trisomie 21. Sans le savoir, nous avons sollicité ces muscles dès la naissance car j'allaitais Marcel. Cette pratique a un effet positif sur la tonification bucco-faciale. La succion du pouce ou d'une tétine est également une pratique encouragée dans un cas d'hypotonie faciale.

Pour l'hyposensibilité (le manque de sensibilité), fréquente elle aussi dans les cas de trisomie 21, Magalie nous suggérait de travailler avec Marcel à la maison sur la découverte des contrastes : glaçon/biberon chaud, citron/cacao, eau plate/eau gazeuse, sucré/salé, etc.

Afin de soutenir le développement de la communication et du langage, lors des premiers mois, Magalie titillait la langue de Marcel, ses gencives, l'intérieur des joues, grâce à des massages du visage ou une multitude de spatules à la recherche de réactions : « serré/décontracté/serré/décontracté » des joues, bouche ouverte/bouche fermée, positionnement lingual… bref, une tonification bucco-faciale.

À mesure des étapes du développement de Marcel, l'orthophoniste adapte les exercices et les massages. Pendant la phase buccale – cette période pendant laquelle les enfants portent à la bouche tout ce qui leur passe sous la main –, une étape très importante, elle l'a aidé dans la découverte de sa langue, un organe qui demande beaucoup de précision (pour émettre des sons différents, par exemple). Ensuite, avec le babillage canonique (syllabe redondante), les « mamamama », « papapapa », « bouabouaboua » et j'en passe, elle a répété avec lui ce qu'il disait afin de lui donner envie, à son tour, de répéter. L'imitation est l'essence même de la communication et le premier mode d'apprentissage. Puis est venue l'étape du babillage, dit « du jargon » (succession de syllabes tel le langage) : « mapabouamapa ».

Enfin, c'est Magalie qui nous a confortés dans notre envie de suivre des cours pour apprendre la langue des signes. Elle nous a confirmé que ce serait utile pour communiquer facilement avec Marcel pendant le temps de son acquisition du langage verbal. Pour éviter toute frustration, cette méthode de français signé simplifié est un excellent moyen d'échanger et, contrairement à ce que certains pensent, elle n'est en rien un frein à la communication verbale. Bien au contraire, l'envie et la possibilité d'échanger confortent l'enfant – porteur de handicap ou non, d'ailleurs ! – et lui donnent confiance pour se lancer verbalement, tout en accompagnant ses sons approximatifs de gestes. Je vous conseille de télécharger l'application gratuite Elix, un dictionnaire vivant en langue des signes, pour découvrir cette méthode.

Grâce à l'association Trisomie 21, nous avons pu suivre pendant deux ans des cours de français signé simplifié. C'est en famille que nous nous y rendions un soir par mois : trois grands-parents, un oncle et nous, les parents. Pendant ce temps-là, le quatrième grandparent gardait Marcel. Et Basile lorsqu'il est né. Quand je vous parle d'organisation…

Ces cours étaient animés par une orthophoniste du SESSAD qui, avec son humour piquant, nous a donné les clés pour communiquer avec Marcel (et à présent avec Basile) qui a signé les classiques « bravo » et « coucou » assez tôt. De mémoire, je dirai qu'il n'avait pas un an.

Et puis, vers dix-huit mois, il a dû avoir un déclic et il a très vite ajouté de nouveaux signes à son répertoire : « gâteau » et « encore », les premiers signes (la base, vous me direz), « bain », « manger », « chapeau », « chien », « guilli » sont venus au même moment. « Maison », « papa » et « oiseau » un mois plus tard. À vingt mois, il nous a fait le signe « vieux », que nous avons choisi pour parler des grands-parents (!), « pain », « dormir » et « voiture ».

Quel bonheur de se faire comprendre. Pas de frustration, donc pas de cris ni de pleurs. Un signe avec un sourire et le tour est joué : Marcel a très vite compris ! Et il se fait un plaisir aujourd'hui de montrer les signes à Basile qui a très vite accroché lui aussi à ce moyen de communication formidable.

Le dentiste

Signer, c'est bien, mais parler, c'est encore mieux ! Pour cela, en plus des fameuses séances avec Magalie, Marcel se rend très régulièrement chez le dentiste. À quatre mois, il y était déjà allé à deux reprises. Surprenant quand on n'a pas de dents, n'est-ce pas ?

Pour commencer, il a fallu faire un moulage du palais pour réaliser ce qu'on appelle dans le jargon une plaque palatine. Que de larmes versées par Marcel et moi lors de ce premier rendez-vous…

Marcel doit porter plusieurs fois par jour cet appareil pour que sa langue et ses lèvres, comme c'est plutôt gênant, viennent pousser dessus et donc se muscler. Cette plaque permet aussi d'agrandir son palais. Le but final : que sa bouche soit assez grande, bien fermée et assez musclée pour que sa langue y soit correctement logée, et qu'il respire par le nez pour une meilleure irrigation du cerveau en dioxygène – ce qui favorisera la concentration et l'apprentissage – et afin que le haut de son visage se développe davantage que le bas, que les cernes sous les yeux disparaissent, etc.

Ce petit appareil désagréable qui donne des airs de boxeur à Marcel est censé faire des miracles ! Mais les miracles nécessitent tout de même de très nombreux et réguliers passages chez le dentiste… et une négociation permanente avec Marcel pour qu'il accepte de mettre sa plaque (au lieu de la cacher dans la cuvette des toilettes, par exemple !).

La kiné

Parce que le manque de tonus de Marcel ne se limite pas à sa bouche, il est suivi par des kinés. Il y a d'abord eu la douce Marie, puis à la crèche la souriante Ophélie, et désormais ce sont les inflexibles et efficaces Cécile et Ilena qui le suivent. L'hypotonie musculaire et l'hyperlaxité ligamentaire (élasticité excessive) sont des conséquences directes de la trisomie 21. Sans activité motrice, les acquisitions élémentaires se font avec un retard plus important, ce qui entraîne un retard de l'éveil psychique et intellectuel.

Depuis l'âge de trois mois, Marcel retrouve chaque semaine sa kiné pour une séance de trois quarts d'heure, avec des exercices adaptés au renforcement musculaire, à l'endurance et à la mobilité, au développement neuromoteur. Il a d'abord appris à se mettre en position de regroupement (attraper ses pieds), à se retourner du dos sur le ventre et vice versa, ramper, s'asseoir, escalader des obstacles, travailler les réflexes dits « parachute » pour anticiper une chute, puis à marcher à quatre pattes, debout, etc. Tout un programme.

Marcel a mis un peu de temps à s'adapter à ces apprentissages et il pleurait souvent, tout petit, pendant les séances. Aujourd'hui, il est heureux de retrouver sa kiné, fier de lui montrer ses progrès et curieux de découvrir les nouveaux exercices qu'elle lui réserve.

La psychomot'

Le travail neuromoteur est complété par les séances de psychomotricité que suit Marcel chaque semaine au CAMSP. Alors que la kiné fait en sorte que son corps fonctionne correctement, Gwénaëlle, sa chouette « psychomot' » depuis quatre ans, l'aide à prendre possession de son corps, à synchroniser ses mouvements et se repérer dans l'espace et le temps. Elle travaille la motricité fine également. Le tout sous forme de jeux qui plaisent beaucoup à Marcel. Il fait d'ailleurs des progrès incroyables.

L'ORL

Enfin, Marcel consulte régulièrement des professionnels de la sphère ORL, zone particulièrement sensible chez les personnes porteuses de trisomie 21.

En juin 2016, alors que les précédents bilans étaient plutôt encourageants, les infirmières et le médecin de la clinique de Rennes, après deux heures trente de pose d'électrodes destinées à enregistrer l'activité électrique du cerveau suite à l'émission d'un son, nous ont fait part de leur inquiétude : il semblerait que Marcel ne réagisse pas aux sons inférieurs à 40 db et l'ORL, par ailleurs, se pose la question de savoir si Marcel a bien deux tympans. Il faudra faire des tests approfondis. C'est un nouveau coup de massue seulement quelques jours après ma reprise du travail et je me souviens avoir pleuré à la crèche au lendemain de cette suspicion.

Après cette annonce, Sylvain et moi avons recherché des informations sur Internet pour y apprendre que les personnes qui ne réagissent pas aux sons en dessous de 40 dB souffrent de surdité moyenne : « La parole est perçue si on élève la voix. La personne malentendante comprend mieux en regardant le locuteur. Quelques bruits familiers sont encore perçus. [...] il est important de préciser que le degré de surdité ne peut se limiter à cette mesure arithmétique, il doit tenir compte du handicap et de la gêne ressentis par le patient[1]. »

Les otites à répétition n'ont sans doute rien arrangé. Mais cette baisse de l'audition, nous dit-on, est réversible, d'autant que les conduits auditifs de Marcel, très petits au moment de ce test, grandissent en même temps que lui. C'est rassurant. Mais pour ne pas risquer une baisse de l'audition entraînant un retard de langage, nous avons pris des dispositions pour mettre toutes les chances de son côté, il est si désireux de communiquer. Après un bel appareil dentaire, voilà Marcel prêt à passer au bel appareil auditif.

En janvier 2019, nous sommes donc conviés à 8 h 45 à la clinique pour que l'ORL pose à Marcel des aérateurs tympaniques (aussi appelés « diabolos » ou « yoyos »). Ces petits objets en forme de mini bobine de fil ont été insérés dans la membrane de ses tympans pour permettre à ses oreilles une meilleure aération.

À 9 h 15, après la visite du clown jongleur, Marcel a été emmené au bloc opératoire. Il semblait

1. Source www.france-acouphenes.org

serein, contrairement à moi qui m'impatientais. Je n'en menais pas large lorsqu'à 10 h 45 j'ai retrouvé mon petit garçon en sanglots et les oreilles sanglantes… Après trente minutes de pleurs inconsolables, terriblement gêné par le tuyau de la perfusion resté sur la main qu'il utilise pour téter ses doigts, Marcel a fini par trouver le sommeil dans mes bras réconfortants.

Vers midi, il s'est réveillé de très bonne humeur… et affamé ! Un repas de rêve lui avait été concocté par la clinique : glace, compote à boire, madeleines, sirop de grenadine. Il ne nous restait plus qu'à attendre la visite de l'ORL pour avoir son feu vert et rentrer.

13 heures, toc toc toc. L'ORL s'adressant à Marcel : « Bon, ce n'était pas facile avec toi », puis à moi : « Je me serais bien passé de ça : Marcel avait une otite aiguë et ça n'arrêtait pas de saigner, je n'y voyais rien. » Mais les diabolos, alors ? Pourquoi avoir posé les diabolos s'il y avait une otite ? « Du coup j'ai réussi à poser le yoyo dans l'oreille droite mais à gauche, impossible, j'ai essayé plusieurs fois mais je ne voyais pas bien à cause du sang. J'ai donc mis un t-tube. » Une intervention que nous avions refusée car la pose de cet appareil peut causer une perforation du tympan. Voilà, voilà… On pleure ou on rit ? Comme Marcel allait bien, on a choisi d'en rire (jaune).

Et puis le contrôle suivant était plutôt rassurant. Bien que le t-tube n'ait pas tenu (ouf ?!), la cicatrisation dans les deux oreilles était bonne et surtout les réactions de Marcel aux tests auditifs étaient meilleures, avec un gain de cinq à dix décibels. Affaire à suivre, mais Sylvain et moi sommes convaincus qu'il entend plutôt bien. C'est « juste » qu'il ne nous écoute pas toujours !

Noël à l'hôpital

Cher père Noël,

Quand tu vas passer à la maison, mes parents et moi, on ne sera sans doute pas là… Je suis à l'hôpital depuis quarante-huit heures déjà et certainement pour quelques jours encore parce que mes examens ne sont pas bons : je cumule une bronchiolite, une infection pulmonaire et un taux trop bas de plaquettes dans le sang. Je me repose, je prends bien mes antibiotiques, j'essaie de ne pas tirer sur les « lunettes » que j'ai dans le nez (des petits tuyaux qui me donnent de l'oxygène), et je fais un gros effort pour respirer les aérosols qu'on me fiche sous le nez (et que je déteste)…

Nous l'avions appris grâce au carnet de route reçu à la naissance, la sphère ORL est plus sensible chez les personnes porteuses de trisomie 21. On confirme ! En tout cas pour Marcel, ça a été le cas les deux premières années. Ces satanées bronchiolites l'auront bien embêté tout au long de l'été 2016, avec un bouquet final pour le Noël qui a suivi.

Tout a débuté au milieu du mois de juin. Après un début de semaine bien chargé entre sa grand-mère, l'orthophoniste qui travaille sur la stimulation buccale, un bilan chez l'orthoptiste qui a évalué ses capacités visuelles et la séance de kiné du mercredi, la fièvre de Marcel est montée à 39 °C et sa laryngite s'est finalement transformée en bronchiolite… La première d'une longue série.

Pendant plusieurs semaines, deux kinés respiratoires se relayaient pour les séances quotidiennes de Marcel. Et comme les résultats n'étaient pas assez concluants, nous devions le harnacher dans un corset pendant son sommeil afin de maintenir son diaphragme pour avoir une respiration profonde et efficace.

Qui dit kiné respi quotidienne dit vacances remises à plus tard… Moi qui attendais tellement de souffler loin de la maison, impossible. Nous sommes restés tout près pour emmener Marcel chaque jour au cabinet.

En six mois, de mi-juin à mi-août, puis de mi-septembre à fin octobre, et enfin en décembre, trois bronchiolites carabinées ont poursuivi notre petit garçon.

Le 15 décembre, lors d'une visite de routine chez la pédiatre, cette dernière constate que Marcel siffle beaucoup. Elle l'ausculte et me dit, de but en blanc : « Je vais prévenir les urgences que vous arrivez. Il faut aller consulter rapidement là. Je pense que Marcel est en détresse respiratoire. »

Euh…

Je prends Marcel sous le coude, le sac à langer sous l'autre et coince le téléphone sous mon menton pour prévenir Sylvain et lui demander de nous retrouver à l'hôpital avec son biberon.

Diagnostic confirmé, Marcel souffre d'une violente bronchiolite. Les examens révèlent une tache sur l'un des poumons et un taux de plaquettes très bas dans le sang.

Nous sommes restés cloîtrés et confinés dans une chambre d'hôpital pendant treize longs jours. Une période exténuante. Des nuits courtes, entrecoupées des « bip-bip » des machines, des va-et-vient incessants de nos colocataires bruyants – et souvent irrespectueux.

Encore des vacances tant attendues qui nous passaient sous le nez. Malgré l'angoisse de voir notre petit garçon coincé dans son lit à barreaux, branché de partout, et dont l'état de santé tardait à s'améliorer, cette « expérience » nous aura une nouvelle fois permis de relativiser : les premières chambres du couloir étaient occupées par des enfants qui vivaient là à l'année, quasiment seuls et parfois loin de leurs parents.

Et puis ce fut l'occasion de rencontrer une nouvelle famille. Une de plus… Coline avait seulement trois semaines lorsqu'elle avait été admise aux urgences pédiatriques avant d'être installée dans la chambre en face de la nôtre. Un membre du personnel est venu me voir en me demandant si je voulais bien échanger avec sa maman, encore sous le choc de l'annonce de la trisomie 21 de sa fille. Nolwenn et moi avons longuement discuté avant qu'elle ne m'avoue avoir déjà entendu parler de nous, par le biais d'une amie… Son amie, c'est Laurence, la super infirmière puéricultrice qui avait tant compté pour nous à la naissance de Marcel. Tous ces hasards en sont-ils vraiment ?

C'est à l'hôpital que nous avons souhaité, les yeux embués, un joyeux premier mois et un premier Noël à cette magnifique petite Coline. Depuis, nous continuons à échanger et à nous voir, toutes les deux ou tous les neuf, avec nos maris et nos enfants.

Pendant ce séjour qui nous a semblé durer une éternité, Marcel a fait preuve d'une grande patience. Au début, il était un peu amorphe car il manquait d'oxygène. Nous devions lui tenir de force le visage dans un masque (une chambre à air) afin qu'il respire de la Ventoline en grande quantité. Les premières séances d'aérosol furent un calvaire, mais peu à peu elles lui ont permis de se stabiliser et de reprendre du poil de la bête.

Plusieurs jours après notre entrée dans ce service, nous avons eu l'autorisation de donner un bain à Marcel, qui était moins faible. Si vous aviez vu la flamme se raviver dans ses yeux, le rose revenir sur ses joues, et son sourire se figer jusqu'aux oreilles…

il était aux anges et nous aussi, car nous retrouvions enfin notre petit garçon plein de joie de vivre.

Afin d'égayer un peu notre chambre et de permettre à Marcel de profiter de la magie de Noël, j'ai laissé Marcel avec Sylvain, pendant sa pause de midi, pour faire un aller-retour express à la maison. J'y ai démonté notre sapin, glissé des boules et des guirlandes lumineuses dans ma hotte, et hop, retour à l'hôpital ! Un beau sapin trônait au milieu de la chambre, qui passa alors d'une catégorie standard à supérieure !

S'il nous reste un bon souvenir associé à ces treize jours coincés à l'hôpital, c'est les progrès de Marcel au niveau moteur. Si, si, c'est possible ! À défaut d'avoir pu continuer à se déplacer tel un commando en rampant, puisqu'il était contraint de rester dans son lit à barreaux à cause de tous les fils qui le reliaient à des machines, il pouvait passer de la position semi-allongée à la posture assise. Et je peux vous dire que de le voir le dos bien droit face au sapin de Noël fut pour nous le plus beau des cadeaux cette année-là ! À treize mois et demi, Marcel tenait enfin assis tout seul.

Je profite de ces quelques lignes pour remercier le personnel hospitalier qui, afin de prendre soin des autres, n'est pas auprès des siens les jours de fête.

Bonne fête Maman !

Le dimanche 29 mai 2016, c'était ma première fête des mères. Ce jour-là, j'ai décidé d'adresser un message à mon Marcel. Pour plus tard, quand il sera capable de lire.

Marcel, ce petit mot, c'est ma déclaration d'amour.

« Ah mais c'est donc ma fête ?! Oui, pour la première fois… Car je suis l'heureuse et fière maman de l'extraordinaire Marcel. Mon fils, mon chouchou, ma patatoune, mon coco, mon chéri.

Mon combat.

Pourquoi combat ? Car nous n'allons pas avoir la vie de famille ordinaire que nous avions imaginée comme tant d'autres. Ce n'est pas plus mal, je n'ai jamais trop aimé faire comme tout le monde de toute façon. Alors merci, mon coco. Merci d'être toi, doux, souriant, attentif, battant, beau. "Différent." Merci d'être passé à travers les mailles du filet et de nous avoir surpris à la naissance avec ce petit chromosome numéro 21 qui nous a changés à jamais. En bien.

Malheureusement nous avons déjà eu des messages de personnes ignorantes et donc méchantes. Mais fais-moi confiance, si cela se reproduit, je saurai te défendre et prendrai le temps, encore et encore, d'expliquer. Ta différence, nous l'avons apprise à ta naissance ; cela arrive encore de nos jours. Oui, nous avions fait le triple-test, les échographies, la vérification de la clarté nucale, l'analyse de ton cœur, etc. Oui, tout était normal. À ces gens, je dis que tu n'es pas un cas isolé, loin de là. Oui, prenez garde, car cela pourrait vous arriver (maladie génétique ou orpheline, autisme ou nanisme et j'en passe !) et risquerait de vous rendre humains, ouverts et tolérants. Outch !

Bien heureusement, mon petit Marcel, nous sommes énormément entourés et recevons beaucoup d'amour et de bienveillance. Les jours où nous en aurons besoin – ou juste pour crâner –, nous retournerons lire les milliers de messages que tu as reçus sur les réseaux sociaux. Cela nous rendra de nouveau forts et fiers de notre parcours !

Merci à chacun d'entre vous pour votre soutien, que ce soit par un commentaire, un "like", un partage, un e-mail, une carte postale ou toute autre proposition si généreuse. Nous n'oublierons jamais.

Marcel, je le clame haut et fort, je suis heureuse, fière, admirative et folle de toi. Je ferai tout ce qui est en mon pouvoir pour que tu aies une vie heureuse. Je suis flattée d'être ta maman. Et comme je te susurre chaque soir à l'oreille depuis le 6 novembre : je t'aime pour tous les jours de ma vie et tous les tiens aussi. Je t'aime, mon tout-petit. »

En mai 2017, comme un rituel, je me suis de ouveau adressée à Marcel, sous forme de poème ette fois. Je vous le livre ici. Promis, après j'arrête vec les passages lyriques !

« Pour toi Marcel, ma belle petite hirondelle.

Suite à un repas aux chandelles, le petit flagelle a gravi le col vers la citadelle. Et là, coup de foudre et étincelles !

Après trente-quatre petites semaines dans le tiroir, te voilà sorti, de façon naturelle. Bienvenue, petit polichinelle !

Mais mon nouvel instinct maternel me dit que quelque chose d'inhabituel se joue et changera nos vies de façon éternelle.

Ton caryotype révèle une trisomie 21 non pas partielle, mais bien libre et homogène.

Entre les larmes, nous répondions de façon irrationnelle. Bien que tout cela soit accidentel, ça nous paraissait si cruel. Pourquoi nous, pourquoi toi Marcel ? Était-ce bien réel ?!

Nos têtes tournoyaient comme dans un carrousel.

Ne souhaitant pas que la nouvelle reste confidentielle, nous avons voulu rendre ce diagnostic officiel et te présenter comme l'être exceptionnel, presque surnaturel, que tu étais déjà à nos yeux.

De cette grosse gamelle, nous nous sommes relevés. Chaque barreau de l'échelle gravi nous rend tous les jours plus opérationnels.

Tu ne seras peut-être pas un intellectuel. Et alors ? Si tu es un manuel ou branché spirituel, où est le problème ?! Nous, mon chat, on sait que tu as beaucoup de potentiel et on croit en ton avenir personnel et professionnel.

Et que tu sois à vie sous tutelle ou que tu voles de tes propres ailes, sache que tu nous ensorcelles et que nous te vouons un amour inconditionnel.

Grâce à toi Marcel, de frêle demoiselle, je suis devenue maman rebelle. Je t'ai dans mon sang, dans mon cœur, dans ma moelle. Je tiens à toi plus qu'à la prunelle des yeux de n'importe qui ! Cet amour passionnel que nous te portons, Papa et moi, sera éternel.

Si nous le pouvions, nous ne tournerions pas la manivelle pour remonter le temps. Notre vie actuelle n'est pas basée sur le modèle universel traditionnel mais pu**** qu'est-ce qu'elle est belle !

Nous avons compris, avec le temps, que tu es telle une hirondelle, Marcel. Un messager de la Paix.

Je t'aime Marcel.

Maman »

Un véritable élan de solidarité

Depuis que Papa et Maman ont lancé notre page Facebook et notre compte Instagram, un énorme élan de solidarité et d'amitié s'est développé autour de ma famille. C'est incroyable !

Quand on devient parent, ce n'est pas un mythe, le quotidien du couple change incontestablement. Alors, quand il s'agit d'un enfant extraordinaire, le changement est d'autant plus grand. Et parfois pas facile. Grâce aux témoignages quotidiens de soutien, nous avons une force incroyable et le sentiment d'une mission à accomplir, celle de rendre notre fils le plus heureux possible, mais également de faire connaître au plus grand nombre cette maladie génétique et tenter de changer le regard des gens sur Marcel et sur toutes les personnes dites « différentes ».

Stéphanie est l'une des premières mamans que j'ai rencontrées comme ça. Son fils Luis était âgé de quelques jours au moment de notre premier contact. Elle a découvert que Luis était atteint de trisomie 21 cinq jours après sa naissance, au moment de quitter la maternité. En rentrant chez elle, elle a tout de suite fait des recherches sur des parents dans le même cas qu'elle et est tombée sur notre site. Je me souviens d'avoir trouvé son message vers 8 heures, un matin de mai 2016. Son e-mail était désespéré ; elle était paniquée, catastrophée. Je lui ai proposé de m'appeler, comme je le fais souvent, et le courant est vite passé. Comme nous habitons à moins d'une heure l'une de l'autre, nous avons pu nous rencontrer facilement quelques mois plus tard. Depuis, nous avons lié une amitié sincère. Et nos quatre garçons sont déjà très copains.

L'histoire de Stéphanie ressemble à la nôtre. Toute sa grossesse s'était déroulée normalement, les examens étaient parfaits. Même à la naissance, le personnel hospitalier n'avait rien indiqué de particulier concernant Luis. Ce n'est que le jour de sa sortie que la pédiatre, passant une dernière fois dans la chambre pour vérifier que tout allait bien, a demandé à la fin de sa visite si « dans la famille ils avaient des yeux "en amande" ». Elle ne lui a rien dit de plus et est partie chercher le carnet de santé du bébé. Stéphanie a trouvé cette question étrange et c'est elle qui a interrogé la pédiatre à son retour : là, son visage s'est fermé et elle a répondu à la jeune maman : « Puisque vous me le demandez, je vais vous répondre : on ne voulait pas vous en parler parce qu'on n'est pas sûrs, mais des yeux en amande comme ceux-ci, c'est un signe de trisomie 21. Mais ce n'est pas sûr parce qu'il n'y a pas d'autres signes distinctifs de la trisomie 21. » Stéphanie a accueilli cette violente nouvelle alors qu'elle était seule avec son bébé. Elle pense que si elle n'avait pas elle-même posé la question à ce moment-là, personne ne lui aurait rien dit au moment de sa sortie de la maternité…

Lorsque le diagnostic a été confirmé, comme pour Sylvain et moi, Stéphanie et son mari ont été sous le choc. Mais tout de suite ils se sont dit que si Luis était là, c'était qu'il fallait qu'il soit là, que c'était leur destin. Et en famille, ils se sont beaucoup épaulés.

Pour nous, parents d'enfants différents, le soutien est la clé du bonheur. Certaines familles n'ont pas eu celui que nous avons reçu et nous avons pu constater que le diagnostic est souvent plus dur à accepter pour ces dernières. C'est essentiel pour avancer. Sans le soutien, l'amour de son conjoint, de la famille, de ses amis, j'imagine qu'il est beaucoup plus compliqué d'accueillir un enfant porteur de handicap. Ne pas être épaulé par ses proches dans son choix d'élever cet enfant, c'est comme accepter que cet enfant ne puisse pas être le bienvenu. Et si les plus proches ne valident pas ce choix, que dire des inconnus qui réagissent le plus souvent avec encore davantage d'insensibilité ?

Comment assumer son enfant, lui permettre de prendre part à la vie et oser le montrer lorsqu'on craint qu'il ne soit pas accepté ? Doit-on le rejeter, l'abandonner ? Doit-on accepter d'être délaissé, nié ou pointé du doigt et moqué par son entourage ?

À l'inverse, être soutenu comme nous l'avons été, c'est se dire : « Certes, mon fils est différent. Mais il a une famille qui l'aime, qui l'accepte. Et si ma famille et mes amis l'acceptent, pourquoi il n'en serait pas de même avec le reste du monde ? »

À l'image de notre page « L'Extraordinaire Marcel », Stéphanie a conçu celle de « Luis le Super Héros » et Nolwenn celle de « Coline journey ». Sur ces comptes, essentiels pour partager nos histoires, notre quotidien, avec d'autres familles qui vivent plus ou moins les mêmes histoires, tout le monde peut s'abonner.

Cet échange est très important. Il y a beaucoup de personnes de notre région, maintenant, qui suivent nos pages pour avoir des nouvelles de Luis, de Coline et de Marcel, ou savoir comment ils évoluent. Le but, c'est aussi de dédramatiser la trisomie 21 afin de rassurer les nouvelles familles et de sensibiliser le plus grand nombre. Nous nous sentons investis d'une mission, celle de changer les regards.

Malgré le soutien de nos familles et amis, il est indispensable de communiquer avec d'autres familles concernées car certaines questions que nous nous posons ne peuvent être comprises que par des familles étant passées par là.

L'arrivée d'un enfant différent, d'un être extraordinaire n'a pas bouleversé nos vies de façon négative comme nous l'avions imaginé au départ. Au contraire ! Quel temps perdu à pleurer et nous lamenter sur notre sort. Marcel a changé nos vies et celle de notre entourage d'une façon incroyablement positive. Dans chaque situation, nous relativisons et voyons le verre à moitié plein plutôt qu'à moitié vide. Nous apprenons la patience à ses côtés car chaque étape est plus longue. Mais l'essentiel c'est quoi ? Qu'il soit heureux (ce qui nous rend heureux à notre tour), peu importe le temps qu'il met à acquérir de nouvelles choses. C'est ce que nous souhaitons transmettre à toutes ces familles qui nous suivent sur Instagram et ailleurs.

Comme beaucoup de nouveaux parents concernés, nous avons écouté, regardé et lu beaucoup de choses sur la trisomie 21. C'est un besoin quasi vital que d'entendre ces messages et de se dire que nous ne sommes pas seuls. Loin de là.

Alors, comme beaucoup, nous avons lu le témoignage de Caroline Boudet, *La vie réserve des surprises*[1]. Et sans surprise, nous nous sommes retrouvés dans beaucoup de passages de ce livre. Ensemble, nous avons échangé par e-mails. Lorsque j'ai su qu'elle venait à Rennes pour une dédicace, je lui ai tendu son livre dans lequel elle m'a inscrit une jolie

1. Éditions Fayard, Paris, 2016.

dédicace : « À Marcel. Voici l'histoire de ta copine Louise et de la façon dont elle a changé ma vie comme tu as changé celle de tes parents ! Bises. »

Depuis, nous avons fait la connaissance de Louise, son frère Paul et son père Rémy. Et nous continuons en parallèle notre route car nous avons la même volonté de faire changer les regards.

Louise d'Issy, Tao de Cesson, Luis d'Hillion, Coline de Rennes, Marie de Paris, Milo du Jura, Mia de Brest, Léna, Jojo, Gabriel, Noah, Robin, Jacqueline, Charlotte, Ysalis, Christian, Inès, Toscane, Camille, Thanaya, Louis, Mahé… Sans vouloir effrayer les lecteurs, notre histoire n'est pas si rare. Nous l'avons constaté très rapidement après la création de la page Facebook de Marcel. Ce sont des dizaines et des dizaines de nouvelles familles qui se sont rapprochées de nous pour des conseils, des échanges de bonnes idées, du réconfort et du partage.

Tous ensemble, nous sommes si forts !

Marcel, star du petit écran

Papa, Maman, qu'est-ce que vous pensez de la place plus grande qui est faite au handicap dans la vie de tous les jours ? Vous avez remarqué, on voit de plus en plus de personnes extraordinaires dans les émissions de télé et sur les campagnes de pub. C'est une bonne nouvelle, non ?

Même si certaines marques mettent en avant des personnes à particularités parce que c'est « à la mode » et une aubaine pour leur image (et leur business), j'ose espérer que d'autres sont vraiment sensibles et savent qu'elles ont un rôle à jouer pour changer les regards sur la différence. Dans tous les cas, retenons que plus nous verrons des personnes différentes (couleur de peau, morphologie, handicap, etc.) dans les médias, plus la diversité nous semblera normale.

Je tiens à féliciter ici les enseignes Kiabi et Ikea pour leurs derniers catalogues dans lesquels nous avons eu le plaisir de repérer un enfant porteur de trisomie 21 et un autre en fauteuil roulant ! Quant à Petit Bateau, la marque a flashé sur Marcel il y a plusieurs mois ; en 2020, il devient petit modèle de la nouvelle collection. Fierté de maman !

Un soir d'automne 2016, nous apprenons qu'un journaliste de l'émission *La Maison des Maternelles*, sur France 5, prépare un sujet sur la trisomie 21 et qu'il a entendu parler de nous et de notre Marcel qui vient de souffler sa première bougie. À l'approche du 21 mars, LA date la plus importante de l'année (celle de la Journée mondiale de la trisomie 21, je vous le rappelle !), après des mois sans nouvelles de cette émission et sachant que le fameux journaliste avait pourtant mon numéro de portable, je me suis permis un petit SMS de rappel…

Immédiatement, je reçois un appel de Mathieu, le journaliste : « Je viens demain à Rennes, c'est bon pour vous ? »

Demain, c'est quand ça déjà ?… DEMAIN ?

« Euh, oui bien sûr, enfin il faut que je voie si la crèche est toujours d'accord. Et je dois demander à la kiné respiratoire si elle veut bien apparaître à l'écran… »

Et puis surtout, il va falloir nettoyer, balayer, astiquer et ranger la maison ce soir en rentrant ! Nous sommes en pleins travaux, la poussière recouvre d'une fine pellicule tous les meubles, les cartons jonchent le sol, la pile de linge sale tient par magie en équilibre.

Et comment je vais m'habiller ? Maman sexy ou naturelle ? C'est vite vu puisque je n'ai rien de sexy dans ma garde-robe. Ce sera jean brut, marinière et baskets. Je serai Moi, pour être le plus à l'aise possible pour cette première expérience à la télé.

Après de nombreux échanges téléphoniques en urgence avec la crèche, les professionnelles de santé et le journaliste, le rendez-vous est pris pour le lendemain. La magie du montage va nous permettre de tourner une première partie à la crèche qui sera en fait la deuxième…

Le jour J, nous attendons patiemment le journaliste qui a loupé son train… Ah ! ces Parisiens, pensons-nous avec l'équipe de la crèche. Nous apprendrons en discutant avec lui que c'est un Breton, il a été pardonné, du coup !

Le voilà ! Rapidement, il installe le matériel, repère les lieux, branche et pose nos micros, et nous briefe : « On va faire comme si tu arrivais avec Marcel et que tu le déposais à sa séance de kiné respiratoire. Donc tu vas partir de là-bas et puis vous allez vous dire bonjour et faire comme si je n'étais pas là. Ensuite, on fait la séance et je vous poserai quelques questions. Et action ! »

J'exagère, bien sûr, ce n'était pas comme au cinéma ! Il a simplement dû dire quelque chose comme « quand tu veux, tu viens vers nous ». Mais sur moi, ça fonctionnait tout autant.

Marcel, du haut de ses quinze mois, est souriant et plutôt docile. La séance se passe bien et nous arrivons presque à oublier la caméra malgré la taille réduite de la pièce.

Nous nous saluons faussement pour les besoins du montage et soufflons un bon coup lorsque le fameux « Coupez ! » retentit. J'exagère encore. Il a plutôt dû dire : « OK, c'est bon. »

Satisfait, le journaliste nous remercie et nous donne rendez-vous à la première heure le lendemain matin, chez nous, afin de filmer la seconde partie. Attention : prévoir la même tenue qu'aujourd'hui car le montage fera comme si tout avait été filmé en une fois et sur un seul jour !

Ça aurait été trop simple… Marcel – à son habitude et malgré un traitement de fond depuis sa naissance – a régurgité sur mon pull. Ne pas oublier de lancer en urgence une machine en rentrant ce soir. Ah non, dommage, j'ai choisi le seul sweat de mon dressing qui nécessite un nettoyage à la main et qui ne passe pas au sèche-linge…

Dès 7 h 30 le lendemain, dans mon sweat encore humide, j'attends. Marcel commence à s'impatienter. Le journaliste veut filmer les rituels du matin, je ne peux donc pas commencer à le préparer, ni lui donner son biberon ou lui faire sa séance matinale quotidienne d'aérosol.

À 8 heures, on frappe à la porte. Mathieu arrive et installe tranquillement son matériel pendant que je lui prépare un café.

Le stress monte.

Fin prêt, il me suit dans la chambre de Marcel.

Pendant que je le change, il me pose quelques questions. Naturellement, je réponds à l'une d'elles que d'avoir un enfant avec une trisomie 21 ce n'est pas la fin du monde. Simplement la fin d'un monde et donc le début d'un autre. Ça m'est venu comme ça, mais ça résume tellement bien notre situation que je ne suis pas peu fière de cette sortie !

Nous passons ensuite à la séance d'aérosol qui pour une fois se passe relativement calmement. Du moins Marcel est calme. La machine, quant à elle, émet toujours ce doux bruit de moteur de 4L…

Puis c'est terminé. Mathieu nous remercie de notre accueil et moi je le remercie d'être venu et d'avoir réalisé ce reportage. Il s'en va. Nous attendrons avec une impatience palpable la diffusion prochaine.

1er mars 2017 : Jour J, *D Day*. C'est le grand jour. *Today is the day*.

9 heures, générique de l'émission. Dès la présentation du programme du jour, les premiers mots gentils sont prononcés. Agathe Lecaron : « Ah le petit Marcel, trop mignon. » Benjamin Muller : « Il

est craquant. » La maman rosit de bonheur derrière sa télé !

Le reportage nous plaît beaucoup, l'émotion me gagne. Je suis fière. Fière du chemin parcouru. Fière de ce que nous sommes devenus. Fière de Marcel.

Les retombées sont immédiates. Nous recevons des e-mails, beaucoup d'e-mails. Des gens nous félicitent pour notre façon de communiquer positivement sur le handicap, d'autres complimentent Marcel et son sourire charmeur, enfin certains, dans la même situation, nous demandent des conseils. Nous n'avons même pas eu le temps de remercier tout le monde pour ces merveilleux messages toujours agréables à lire.

Pendant les vacances de Pâques, le reportage sera de nouveau diffusé, en best of. Notre passage est plus discret, mais nous permet de gagner encore en visibilité.

Après cette première expérience très positive, j'ai eu envie de parler de notre histoire à l'échelle locale. J'ai contacté par e-mail la rédaction de TV Rennes et, en quelques secondes, j'avais une réponse de Claudia : « Je voulais justement vous contacter ! Je vous suis depuis longtemps. Comment va Marcel ? »

Claudia, rennaise et jeune maman, a été touchée par notre histoire (à quelques jours près, nous avons donné naissance à nos bébés dans la même maternité !). Son reportage sur Marcel a fait un carton : c'est la meilleure vidéo jamais diffusée par la chaîne avec plus de 260 000 vues sur Facebook (plus encore que le but de je ne sais plus quel champion du Stade rennais !) Elle montre notre quotidien, les échanges que nous avons régulièrement avec les autres parents (j'avais convié Stéphanie et Typhaine, les mamans de Luis et de Toscane, pour l'occasion), le rendez-vous hebdomadaire chez l'orthophoniste, ainsi que notre engagement pour la cause à travers le coup d'envoi donné par Marcel lors du match de handball où les joueurs portaient tous des chaussettes dépareillées pour répondre à notre appel !

Le temps passe, mais notre envie de crier notre bonheur ne s'estompe pas !

Quelques mois plus tard, un soir de février 2018, Stéphanie, la maman de Luis, m'appelle pour me dire : « Il m'est arrivé un truc dingue : France 2 m'a contactée pour un casting afin que je témoigne sur le plateau de *Ça commence aujourd'hui*, l'émission présentée par Faustine Bollaert ! »

J'étais ravie pour elle et pour toutes les familles concernées, car je savais que si elle était retenue, le message qu'elle diffuserait serait positif. Mais oh ! surprise, cette même personne m'avait elle aussi contactée sur Facebook pour m'inviter à témoigner.

J'ai répondu tout de suite que l'idéal serait que nous témoignions toutes les deux, Stéphanie et moi, nos parcours s'étant croisés grâce à la trisomie 21 de nos fils.

Le lendemain matin, après notre séance chez l'ophtalmo avec Marcel, je me suis entretenue plus d'une demi-heure avec Alice, de la production de l'émission, qui m'annonçait avoir eu un vrai coup de cœur pour notre famille et me demandait, afin de convaincre sa rédactrice en chef, de réaliser une mini vidéo dans laquelle je devais nous présenter, Marcel et moi.

Sans savoir encore si nous étions retenus, j'ai passé mon après-midi à envoyer des informations sur nous, des photos, etc. Ce n'est que vers 18 heures que j'ai reçu un coup de téléphone m'informant que nous étions sélectionnés !

En février 2018, nous nous sommes donc rendus dans les studios parisiens de la chaîne avec Marcel et mes parents, accompagnés de Stéphanie et de Luis. Les petits étaient ravis de prendre le train ! Nous, les grands, avons apprécié cette expérience de la télé : les petites attentions dans notre loge, le maquillage, le beau plateau et l'ambiance détendue du tournage. Pourtant, le sujet nous amenait à nous livrer sur les moments émouvants de l'annonce. Pas toujours facile. Mais nous avons aussi fait la connaissance d'autres familles, du jeune mannequin Dimitri Painçon[1] et de son papa ; ce fut un moment de partage très fort dont nous sommes repartis heureux. Et fiers.

Comme ça avait été le cas pour *La Maison des Maternelles*, à la diffusion de l'émission, le 21 mars,

1. Retrouvez le blog de ce passionné de mode sur www.dimitripaincon.com

date de la Journée mondiale de la trisomie 21, les retombées ont été immédiates et surtout très positives. Nous avons été submergés de messages bienveillants et prometteurs : « Merci, grâce à vous mon regard a changé » ; « Je n'ai que dix-sept ans mais votre vidéo m'a fait changer d'avis sur la trisomie 21 » ; « C'est si émouvant... ça m'a profondément touché » ; « Magnifique émission pleine d'émotion, ça m'a fait beaucoup apprendre » ; « Ce que je retiens de cette émission, c'est l'Amour. Tellement d'amour de la part de ces parents, et leurs enfants le leur rendent bien » ; « Je me rends compte du regard que j'ai pu porter sur la trisomie 21 et cette émission m'a fait me remettre en question. Ne pas juger lorsque l'on ne sait pas et que l'on ne connaît pas ! De l'amour à donner et à recevoir. Chaque personne a le droit d'être aimée, aimons-nous les uns les autres, peu importe nos différences » ; « Merci pour ce beau témoignage, toutes mes certitudes ont été bouleversées ! Vous rayonnez de bonheur ! ».

Dix-huit mois après l'émission, la production m'a appelée à nouveau pour nous demander de nous prêter au jeu de la rubrique « Des nouvelles de nos invités » : une jolie façon de ne pas perdre le lien et de continuer à sensibiliser le public. Merci à Faustine et à toute l'équipe de *Ça commence aujourd'hui* pour ce montage diffusé le 30 octobre 2019.

Confessions très intimes

Il paraît que Maman a quelque chose à vous dire… Elle est tellement chamboulée par ce qui lui arrive qu'elle a décroché de tous les réseaux. J'espère que c'est une bonne nouvelle qu'elle va nous annoncer !

Comment gérer une deuxième grossesse lorsque le premier enfant est né avec un handicap ? À la naissance de Marcel, quand nos doutes concernant une trisomie 21 ont été confirmés, l'une de nos premières réflexions à Sylvain et à moi fut « plus jamais ! », en parlant de la maternité. La grossesse, déjà, ça n'avait pas été mon truc, alors c'était sûr, nous ne prendrions pas le risque de mettre au monde un autre enfant. Nous qui rêvions pourtant d'en avoir trois…

Mais, comme il n'y a que les imbéciles qui ne changent pas d'avis, dans l'heure qui suivait l'annonce du handicap nous nous disions : « Bien sûr que si, nous allons fonder notre famille ! Certes elle ne ressemblera pas à celle que l'on voit en couverture de magazine, mais nous l'aurons notre cocon familial. »

Cette envie de « lancer le petit deuxième » comme on dit, nous a chatouillés au moment des dix-huit mois de Marcel.

Comme il nous avait fallu presque un an pour que ça marche pour Marcel, j'ai été très surprise d'apprendre au bout de trois mois à peine que j'étais enceinte. Je crois que je n'étais pas prête. Psychologiquement. Je n'ai pas accueilli la nouvelle comme je l'aurais espéré. Ce n'était pas un moment joyeux. Sylvain était surpris, mais n'a pas sauté au plafond non plus. Marcel était finalement encore si petit, si dépendant de nous. Nous n'étions pas tristes, bien sûr, mais des angoisses auxquelles je ne m'étais pas préparée m'ont envahie. « Et si… »

Et si la première échographie nous révélait qu'il n'y a pas d'embryon ? Et si au contraire la gynécologue nous annonçait des jumeaux ? Et si je le perdais ? Et si c'était trop tôt ? Et si on apprenait qu'il avait une malformation ? Un handicap ? Une maladie ?

En raison de nos antécédents, le suivi médical au début de cette grossesse a été plus pointu. En plus des classiques rendez-vous avec ma gynécologue habituelle, une gynécologue de la clinique dans laquelle j'allais accoucher me suivit en parallèle.

Ces deux médecins nous ont informés des examens que nous pouvions faire : le triple test, la nouvelle prise de sang DPNI* beaucoup plus fiable pour détecter une trisomie 21, une biopsie du trophoblaste ou l'amniocentèse, afin d'établir le caryotype du bébé et voir ainsi tous ses chromosomes (pas uniquement la paire 21).

Après ce rendez-vous nous informant des différentes possibilités qui s'offraient à nous, nous devions respecter un délai de réflexion de deux semaines avant d'annoncer notre décision. Ce serait une amniocentèse. L'idée même de cibler délibérément une trisomie 21 nous mettait extrêmement mal à l'aise, d'où ce choix d'élargir à l'ensemble des chromosomes.

Choix difficile, car l'acte n'est pas anodin, contrairement à une prise de sang. Bien que répandu et parfaitement maîtrisé, il peut provoquer une fausse couche. Dans un cas sur cent, avons-nous entendu parfois, un sur mille d'autres fois. Peu importe, avec la chance que nous avions, je craignais que nous ne soyons LE cas.

Une fois cette décision commune annoncée au corps médical, il aura fallu attendre encore trois longues semaines avant l'acte médical lui-même.

Je l'avoue, ce fut pour moi un moment affreux. L'angoisse accumulée depuis plus de trois mois et demi était à son comble. Je tremblais de tout mon corps, pleurais tout ce que je pouvais. Malgré la main de Sylvain dans la mienne et ses mots réconfortants, j'avais du mal à me calmer et à respirer tranquillement. Sentir cette longue aiguille percer la peau du ventre et la membrane de la poche des eaux est un horrible souvenir. Une douleur physique, mais plus encore psychologique.

Je suis sortie de la salle épuisée. Lessivée. Rincée. Mais soulagée. Une bonne chose de faite. Restait à guetter les éventuels signes d'une fausse couche et à attendre encore pendant trois interminables semaines les résultats.

Je crois que l'envie d'agrandir la famille et d'aimer était plus forte que toutes les épreuves que nous avions traversées à l'annonce de la trisomie 21 de Marcel. Un peu comme pour un accouchement : c'est atrocement douloureux mais on oublie vite et on recommence.

*

Depuis la naissance de Marcel, nous avons découvert un nouveau monde. Un monde parallèle à celui – idyllique – que la société veut bien nous montrer. Un monde dans lequel les gens sont un peu cabossés, mais avec un cœur gros comme ça !

Côtoyer ce monde nous enrichit chaque jour. Malgré tout, nous avons perdu une part de la naïveté et de l'insouciance des jeunes parents. Nous savons mieux que beaucoup d'entre vous combien le handicap et la maladie existent. Cette conscience fait donc très peur lorsque l'on vit une nouvelle grossesse.

Pour expliquer l'éloignement de Marcel des réseaux sociaux fin 2017, j'ai alors pris soin de poster une publication évoquant ce besoin quasi vital que j'avais ressenti de couper avec les réseaux sociaux pendant quelques mois. Voici ce que j'ai annoncé à mes followers le 23 octobre, en toute transparence :

« Bonjour à toutes et à tous,

Beaucoup d'entre vous s'inquiètent de l'absence de Marcel sur les réseaux sociaux et nous vous prions de nous excuser pour cette soudaine disparition.

Une fois n'étant pas coutume, je vais aujourd'hui parler en mon nom de maman de Marcel.

Tout d'abord, je souhaite vous rassurer. Marcel se porte excellemment bien ! Malgré son agenda de ministre, il est toujours aussi souriant, volontaire, dynamique, malin et câlin (et breton, c'est confirmé… sacré caractère, le bougre !).

Le 6 novembre, nous fêterons ses deux ans déjà… que le temps passe vite.

Bref, vous l'aurez compris, le "problème" vient de moi. J'ai ressenti brusquement le besoin de tout arrêter. Rien que la vue des logos Facebook, Instagram ou Messenger me rendait malade, alors, depuis un mois et demi, j'ai supprimé ces applications de mon téléphone portable et de la tablette.

Décision radicale mais efficace, car je me sens mieux. Mais laissez-moi vous expliquer le plus brièvement possible d'où ce mal-être est venu.

1- La dernière publication notamment, concernant les problèmes de scolarisation des enfants ayant besoin d'un accompagnement, m'a fichu un sacré coup au moral et un stress pas possible en pensant aux futures démarches administratives que nous allions devoir entreprendre en prévision de la rentrée de Marcel en septembre prochain.

2- Je ne vous remercierai jamais assez pour votre soutien, que ce soit par le simple fait de liker les profils de Marcel sur les réseaux sociaux, ou par vos commentaires, vos messages ou vos e-mails. Cependant, le fait de ne pouvoir répondre en temps et en heure à chacun d'entre vous me mettait une pression énorme.

J'aimerais pouvoir dire oui à toutes vos sollicitations, j'aimerais pouvoir rencontrer chaque nouvelle famille et répondre à toutes vos questions, mais mon emploi du temps ne me le permet pas. Entre les rendez-vous de Marcel, mon travail, les travaux dans notre logement, les pots avec nos amis (bah oui, ça prend du temps le lien social), et depuis peu mes propres examens médicaux, c'est compliqué.

3- Enfin et surtout, concernant mes examens médicaux, justement… ces derniers sont liés à une bonne nouvelle ! L'info qui suit sera la récompense de celles et ceux qui ont lu mon blabla jusqu'à la fin : Marcel sera grand frère dans quelques mois !

Bien que cette nouvelle soit merveilleuse, j'ai aussi ressenti le besoin de couper avec les réseaux sociaux car ils sont pour moi liés au handicap et à la maladie. En effet, en plus de la gestion de la page de Marcel, je suis beaucoup d'autres pages d'enfants extraordinaires, je fais partie de groupes de discussion, etc., et pour vivre le plus sereinement possible cette nouvelle grossesse, j'ai décidé de prendre un peu de distance.

J'espère que ces explications vous rassureront et que vous ne m'en voudrez pas de freiner un peu la cadence.

Marcel vous embrasse, et nous aussi.

Merci,

Carole »

En effet, en plus de partager sur la toile le quotidien extraordinaire de Marcel, j'y suivais énormément de pages et de groupes dédiés au handicap et à la maladie. Cela m'empêchait de vivre sereinement mon début de grossesse, déjà très stressant sur le plan médical. C'est d'ailleurs uniquement lorsque nous avons eu les résultats de l'amniocentèse (vers quatre mois et demi de grossesse) que, soulagée, j'ai repointé mon nez sur Facebook et Instagram. Quand le caryotype de notre bébé s'est révélé tout à fait normal, le soulagement a été de ne pas avoir de décision à prendre. Et si ce bébé avait eu lui aussi trois chromosomes 21, qu'aurions-nous fait ? Nous sommes tellement heureux avec Marcel, tellement fiers de lui, comment aurions-nous pu prendre la décision d'une interruption médicale de grossesse ? Mais aurions-nous été prêts à accueillir un deuxième enfant porteur de ce handicap ? Car, il faut bien l'admettre, Marcel prend certes son temps, mais ses progrès sont incroyables, qu'est-ce qu'il évolue bien ! C'est au-delà de tout ce qu'on aurait pu espérer pour lui à sa naissance ! Un deuxième aussi vif et en aussi bonne santé ? Mmmh… pas sûr que cela soit possible !

Et si on nous avait annoncé une autre anomalie génétique ? Selon les conséquences futures sur le développement du bébé, il aurait fallu faire un choix…

Fort heureusement, tout allant bien sur le plan chromosomique, nous n'avons pas eu de décision à assumer.

Cependant, comme pour me protéger d'un éventuel problème qui aurait pu surgir jusqu'à la dernière minute, je ne m'autorisais pas encore à me projeter. Le prénom semblait trouvé depuis l'échographie du troisième mois, mais il m'était impossible de parler du bébé en le nommant. J'avais même du mal à dire simplement « le bébé ». Même si j'étais plus légère et que j'avais retrouvé une partie de mon sourire, je savais que mon soulagement ne serait complet qu'une fois que j'aurais mon deuxième fils dans les bras, que concrètement je pourrais voir que tout allait bien.

Sylvain, lui, soulagé d'apprendre la bonne nouvelle du caryotype de notre bébé, s'est senti pousser des ailes : le matin de Noël, quelques jours seulement après les résultats, il m'a demandée en mariage ! Nous qui avions toujours dit : « Très peu pour nous ! »…

Sa demande était vraiment touchante, car simple et à notre image. Sylvain et Marcel m'ont apporté le petit déjeuner au lit. Cette seule initiative m'avait déjà touchée aux larmes (la faute aux hormones, bien sûr !). Puis, entre le café, le jus de fruits, les tartines de pain et le mini sapin de Noël, j'ai aperçu une petite boîte, que j'ai ouverte… Quand Sylvain a prononcé : « Carole, veux-tu devenir ma femme ? », les yeux aussi brillants que la bague, j'ai serré très fort dans mes bras et contre mon gros bidon les hommes de ma vie et j'ai répondu simplement : « Oui… » !

Très rapidement nous avons choisi la date : ce serait le 31 mars 2018, le lendemain de mes trente-trois ans et le jour des cinq ans de notre premier baiser ! Mais pas question de mariage en grande pompe, nous avons fait tout l'inverse : un mariage en comité très restreint et surtout un « mariage surprise » pour nos quatre uniques invités : nos parents !

Prétextant une activité organisée pour mon anniversaire, nous avons fait remplir les documents officiels des témoins à nos parents, en leur cachant l'en-tête de ces derniers…

Le jour J, nous avons convié nos parents chez nous en fin de matinée. Après leur arrivée, nous les avons discrètement laissés seuls dans le salon le temps d'enfiler nos tenues – simples – de mariage. Lorsque nous sommes redescendus avec Marcel dans les bras, leurs visages se sont transformés. « Non !? C'est pas vrai !? Vous allez vous marier ? Mais… quand ça ?

— Papa, Maman, Annick, Pierrick, nous vous avons invités non pas pour fêter mon anniversaire, mais pour vous remercier d'être là et de nous accompagner chaque jour. Sans vous, nous n'en serions pas là aujourd'hui. Aussi, pour vous remercier de tout cela, nous vous avons choisis comme témoins et… il faut y aller parce que monsieur le Maire nous attend pour célébrer notre mariage dans une demi-heure ! »

À cinq semaines de mon terme, notre seule inquiétude, ce jour-là, qui aurait pu être un heureux hasard et une chouette anecdote supplémentaire à raconter, était d'avoir à filer à la maternité pour cause d'accouchement !

Basile pointe le bout de son nez

Alors que dans les autres familles le 1er Mai annonce une pluie de brins de muguet et de bouquets porte-bonheur, chez nous c'est un bébé qui va arriver comme une fleur ! Décidément, on ne fait rien comme tout le monde…

Fin avril 2018. À une semaine du terme de ma grossesse, nous nous rendons, Sylvain et moi, vers 7 h 30 du matin, à la maternité suite à des contractions très régulières dès 2 heures du matin. Nous y passons quelques heures mais notre bébé, sous monitoring[1], ne semble pas si pressé de nous montrer le bout de son nez. Vers 9 heures, nous avons l'autorisation de quitter l'hôpital pour rejoindre chez eux mes parents et prendre le petit déjeuner avec Marcel dont ils ont la garde depuis la veille. Excellent timing !

1. Cet appareil contrôle l'activité cardiaque du bébé dans le ventre de sa mère et l'intensité des contractions.

Un petit déjeuner, un déjeuner et une sieste plus tard – pour récupérer de cette nuit blanche –, nous nous disons qu'il serait peut-être temps de retourner à la maternité pour vérifier l'évolution du travail. Vers 15 heures donc, après un rapide contrôle du col, on me suggère de prendre un bain. Ce que je fais pendant deux longues heures. On a prévu des mots croisés pour passer le temps et Sylvain a répondu à mon envie soudaine en me rapportant un beignet au chocolat et une boisson gazeuse...

18 heures, nouveau contrôle. Ça avance doucement, mais sûrement. Vers 20 heures, nous avons autorisation de sortir prendre l'air. Direction McDo, juste à côté, pour un repas de gala. Pas très rassurée à l'idée d'une éventuelle perte des eaux – mais bon, je suis rodée –, je ne résiste pas à l'appel des frites ! Et nous savourons ces derniers instants en tête à tête avant la rencontre.

21 h 30, à peine de retour dans notre chambre (oui, nous avions une chambre – avec baignoire ! –, le service était étonnamment vide ce jour-là), le personnel aux petits soins – il avait certainement eu connaissance de notre histoire mais surtout, il est juste au top – m'annonce que la pause de la péridurale allait avoir lieu d'une minute à l'autre. Dès notre arrivée, j'avais fait part de mon souhait d'en bénéficier pour ne pas ressentir la douleur si soudaine et violente vécue lors des contractions pour Marcel. Étonnamment, près de vingt heures après

le début du travail et un col ouvert à six centimètres, je n'avais toujours pas mal lors des contractions…

À l'idée de la piqûre, me voilà en panique. J'ai une sainte horreur de ces trucs-là. Mes mains deviennent moites, je transpire, et je suis même au bord des larmes tant le stress me gagne. Et ça ne loupe pas, malgré toutes les précautions, la douceur et la gentillesse de l'anesthésiste et celle de Sylvain, je me tords de douleur quand il me pause la perfusion dans la main puis lorsqu'il plante son aiguille dans ma colonne vertébrale. Après cette épreuve – traitez-moi de chochotte si vous voulez, mais il s'agit pour moi d'une réelle épreuve –, je ne suis pas au bout de mes peines. Voilà que je ne sens plus du tout ma jambe droite. Quelle sensation particulière et angoissante que de perdre le contrôle d'une partie de son corps…

Le temps passe, je me calme. Je me sens complètement sonnée, mais heureuse à l'idée de la rencontre imminente. Je suis vraiment sereine et c'est plutôt une surprise pour moi qui suis stressée depuis l'annonce de ma grossesse – même si je le suis moins depuis les résultats de l'amniocentèse. Là, je suis confiante. Et je souris en voyant Sylvain s'endormir au bord de mon lit.

Dans une minute, il sera minuit, toujours pas de bébé. Il sera donc du 1er mai, notre petit brin de muguet.

Le personnel médical entre alors dans la chambre pour percer la poche des eaux afin d'accélérer le travail. Mais impossible de plier mes jambes pour prendre appui sur mes pieds et lever seule mon bassin tant mes membres sont devenus incontrôlables. On m'aide à m'installer, la poche des eaux à peine percée, le liquide coule : me voilà rassurée, je sens tout. La sage-femme nous laisse patienter tranquillement. Sylvain finit même par se rendormir près de moi.

1 h 40 : un dernier contrôle confirme que le col est bien ouvert et que c'est pour maintenant. Je m'en veux d'avoir mangé si gras, on m'avait pourtant prévenue qu'avec la péridurale c'était déconseillé, je suis prise d'une terrible envie de vomir. Une fois mon estomac brutalement vidé dans un haricot, me voilà fraîche et disposée pour pousser. Allez, je suis prête.

En trois poussées, Basile est là. On me propose de l'attraper entre mes jambes. Je n'avais pas anticipé une telle possibilité tant la naissance de Marcel avait été expresse. J'ai peur de faire glisser mon bébé, mais la sage-femme m'accompagne et place mes mains sous ses petites aisselles toutes chaudes. Basile est là, 3,620 kg tout contre moi.

On s'occupe de mes soins, mais je n'ai d'yeux que pour ce beau poupon tout rose. Les minutes s'écoulent. Nous sommes infiniment émus et tout à la joie immense, mêlée de surprise, de notre retour à la réalité après ces moments hors du temps.

À l'aurore, nous sommes guidés dans notre nouvelle chambre. Pas du côté de la néonatalogie cette fois, contrairement à la naissance de Marcel, qui avait cinq semaines d'avance. Se trouver dans cette partie de la maternité prouve déjà que tout va bien !

Plus tard dans la matinée, Sylvain dépose Basile dans son couffin translucide et s'absente. Il va chercher Marcel chez mes parents. Ce grand moment que nous imaginons magique ne va plus tarder. Bientôt nos deux fils vont se rencontrer pour la première fois.

Je me redresse tant bien que mal dans le lit pour aller prendre une douche. L'effet de la péridurale s'est complètement estompé et j'ai mal partout. Je me sens comme un pantin désarticulé. Alors que je soulève difficilement mes jambes pour les mettre hors du lit, je vois Basile agiter les bras, les yeux écarquillés et apeurés. Quelque chose ne va pas. Il est en train de s'étouffer.

Je panique, réussis à l'extraire de son couffin en urgence. J'essuie les glaires qui obstruent son petit nez, sa bouche, mais rien n'y fait. Je presse le bouton d'alarme. J'appuie de toutes mes forces, mais elle ne se déclenche pas. « Basile, Basile ! Respire, Basile ! » Il devient rouge, puis violet. J'ai peur. L'adrénaline me permet de m'extirper du lit avec Basile dans les bras et de sortir dans le couloir pour appeler à l'aide. Il est tout bleu lorsqu'une personne en blouse me l'arrache enfin des mains pour partir avec lui en courant. J'ai très peur.

Tout en tentant de les suivre comme je peux, je pense : « Mais c'est pas possible, pas nous ! Pas Basile. Pas encore ! » Je dépasse des sages-femmes et les entends dire : « Oh là là, il n'a pas l'air bien ce bébé ! » Après des secondes qui m'ont paru être des heures, j'arrive dans une salle où je le retrouve entre de bonnes mains (une dizaine !). Sain et sauf. Juste au moment où Marcel et Sylvain passent la porte du couloir.

Je craque et les larmes coulent sur mes joues. On est loin de la fête que je me faisais à l'idée de voir Marcel rencontrer son petit frère…

Heureusement, plus de peur que mal… Nous rejouerons la scène de la première rencontre quelques instants plus tard, le temps que tout le monde retrouve ses esprits (enfin, Basile et moi). Sylvain, arrivé au même moment que moi dans la salle de « réanimation », n'a pas pu comprendre ce que je viens de vivre et la peur qui m'a noué l'estomac et vidée du peu d'énergie qu'il me restait.

Nous retournons récupérer nos affaires dans notre chambre avant d'être transférés au service néonatal. La respiration de Basile est contrôlée et le « bip-bip » de la machine nous ramène deux ans et demi en arrière…

Une fois notre chambre attribuée, nous pouvons faire les présentations, serrés fort dans les bras les uns des autres. Marcel, qui attendait ce bébé depuis si longtemps, semble impressionné. Il rosit de bonheur en caressant le petit visage de Basile et prononce son prénom qu'il découvre : Titi (un mixte entre « petit » et « Basile » certainement). Un surnom à vie trouvé dès le premier jour ?!

Pendant notre séjour à la maternité, j'ai dû affronter seule un nouvel épisode d'étouffement de Basile. Visiblement, il n'a pas complètement expulsé de ses poumons le liquide amniotique lors de son premier cri, et comme l'aspiration n'est plus automatique à la naissance (il paraît qu'un bébé se régule tout seul…), Basile a dû se débrouiller comme il a pu pour digérer tout ce liquide glaireux. Aucune autre hypothèse n'ayant été émise, nous avons pris note que ces fausses routes allaient passer.

Pourtant, le soir de ses deux mois, alors que je m'apprêtais à prendre une douche, un bruit suspect m'a fait faire demi-tour pour me rapprocher du couffin dans lequel Basile patientait : il était de nouveau en train de changer de couleur. J'ai beau connaître les gestes des premiers secours, j'ai été incapable de me raisonner et j'ai appelé, paniquée, Sylvain, qui s'était endormi à l'étage. Il a simplement nettoyé les glaires qui obstruaient sa respiration, l'a redressé, et Basile a retrouvé ses joues roses ! Il n'a plus jamais dormi sur le dos, le problème a disparu, mes angoisses tout autant, et notre petit Basile a gagné de bonnes nuits de sommeil !

Quatre à la maison

Dis, Papa, pourquoi Titi dort tout le temps ? Maman, quand est-ce que tu poseras Basile pour me faire un câlin ? Papa, viens jouer avec moi ! Maman, Basile pleure, vite, vite, il doit avoir faim, je pense qu'il veut téter !

La maternité de la Sagesse est vraiment un cocon de bienveillance et de douceur, on s'y sent un peu comme à la maison et le personnel y est dévoué, adorable et très compétent, mais je n'en peux plus d'être là ! Mes jambes ressemblent à des poteaux et mes doigts à des saucisses à cause de mes problèmes de rétention d'eau post-accouchement, et l'allaitement rend mon utérus douloureux à chaque mise au sein. Sans parler des points de suture qui n'ont pas résisté à ma course dans les couloirs de l'hôpital… Je rêve de rentrer chez moi et de retrouver Marcel et Sylvain.

Heureusement, cinq jours après notre arrivée, l'équipe médicale donne son feu vert : nous pouvons enfin rentrer pour découvrir la vie à quatre.

Le 5 mai, Marcel et Sylvain viennent nous chercher et nous regagnons notre maison. Dehors, on sent que les beaux jours arrivent. L'air chaud n'arrange rien à l'effet « jambes lourdes », mais qu'importe. Nous voilà tous réunis.

Malgré mes petits soucis post-partum, l'allaitement à la demande est bien lancé et les sollicitations de mon bébé nombreuses : j'ai l'impression qu'on m'a greffé Basile dans les bras ! Mais ça me va plutôt bien, j'ai un peu de mal à m'éloigner de lui depuis les frayeurs de la maternité…

En quelques jours seulement, nous comprenons que deux enfants en bas âge et non autonomes, ça va être du sport ! Pendant que j'allaite Basile, Sylvain donne le bain à Marcel, pendant que Sylvain fait faire son rot à Basile, j'endors Marcel. Pendant que Basile s'endort (difficilement et presque uniquement dans les bras…), on se repose un peu.

Le quotidien de Marcel reste inchangé et bien chargé, et comme Sylvain doit retourner travailler très rapidement, me voilà à courir à droite et à gauche avec un enfant sous chaque bras… Marcel a beau avoir deux ans et demi, cela ne fait que trois mois qu'il a fait ses premiers pas : sa marche est encore peu assurée et il se fatigue vite. Pour certains rendez-vous, cette technique de « mère-porteuse » n'est pas trop contraignante car des places de stationnement se trouvent juste au pied du bâtiment. Pour d'autres, il faut prévoir du temps pour extraire les enfants de la voiture, déplier la poussette de Marcel, installer Basile en porte-bébé, puis courir les centaines de mètres qui nous séparent du lieu de rendez-vous (et accessoirement prévoir un laps de temps supplémentaire pour cadenasser la poussette au rez-de-chaussée et reprendre mon rôle de « mère-porteuse » pour atteindre les étages non accessibles par ascenseur…).

La fatigue, le speed, le stress et les manip', associés à la chaleur du début d'été : combo gagnant pour arriver partout le front perlant et le souffle court !

À la maison, l'entente entre Marcel et Basile est immédiate. Basile semble subjugué par ce grand frère attentif qui, au moindre gémissement, m'interpelle et me fait comprendre dans un heureux mélange de langue des signes et de syllabes : « Maman ! Titi, pleurs, faim, tétée » ; « Maman, Titi, beurk, caca. »

Les mois passent et l'organisation se peaufine : allaitement, rendez-vous (au pluriel !) de Marcel, crèche, école, rééducation du périnée.

J'allaite Basile jusqu'à ses six mois et finis par mettre fin à ce lien fusionnel et singulier un peu à contrecœur : en une semaine, sans doute un peu à bout de forces, mon lait s'est tari et je n'ai plus rien à lui proposer. Me voilà complètement desséchée ! Et mon petit bonnet B d'avant grossesse s'est transformé en… rien du tout ! (C'est un autre sujet qui mériterait un chapitre entier, je préfère clore ici ce triste aparté !)

Un mois plus tard, Basile fait son adaptation à la crèche : je démarre un nouveau travail en décembre 2018, il est temps de mettre tout ça en place pour le jour J. Sylvain change à son tour de boulot un mois après moi et est en déplacement plusieurs jours par semaine : me voilà contrainte de gérer seule mes deux petits bonshommes et le quotidien qui va avec. Pas facile tous les jours !

On me demande souvent comment je fais pour garder la ligne avec tout ce que je mange. Eh bien, sans rire, je pense que même si la génétique a une part non négligeable dans le processus, c'est surtout la vie dense qui rythme nos journées, ainsi que l'allaitement des premiers mois qui m'ont bien aidée !

Aujourd'hui, Marcel a quatre ans et Basile un peu plus d'un an et demi. Nous sommes toujours aussi fatigués, mais lorsque nous les observons, en cachette, jouer ensemble tous les deux, quel bonheur. Oh oui, quel bonheur, vraiment ! Je suis heureuse de voir que j'ai, à mon tour, donné naissance à une fratrie, et j'ai l'impression de me revoir petite, avec mes frères. On rit, on pleure de rire, on pleure. On chante, on danse, on crie. Bref, ici, à quatre, on vit pleinement !

Tous à l'école

Dans une deuxième interview pour La Maison des maternelles, *Maman a poussé un coup de gueule contre le manque d'auxiliaires de vie scolaire disponibles pour nous aider au quotidien à l'école. Pas d'AVS, pas d'école ? Pas d'accord !*

Depuis les premières heures de la vie de Marcel, et parmi toutes les interrogations que nous avions ce jour-là, il y avait déjà des inquiétudes concernant sa scolarisation. Serait-elle possible ? Et si oui, comment ? Marcel serait-il accepté par le corps enseignant et intégré à ses camarades de classe ?

Les professionnels qui suivent Marcel depuis sa naissance n'ont jamais évoqué l'option de le mettre dans un établissement différent de celui des autres enfants de son âge. Je ne sais même pas si des enfants porteurs de trisomie 21 vont dans des écoles adaptées dès la maternelle, d'ailleurs. Le choix de le mettre en milieu scolaire ordinaire s'est donc fait tout naturellement et très rapidement.

Égoïstement, nous nous sommes dit qu'être en classe avec des élèves « ordinaires » serait un réel atout pour Marcel car ces derniers le tireraient sûrement vers le haut. Avec l'envie de faire comme ses camarades, Marcel pourrait acquérir plus de connaissances. Mais nous sommes aujourd'hui convaincus également que l'inclusion dès le plus jeune âge est bénéfique à tous : elle offre très tôt l'occasion d'apprendre sur les différences entre les individus et d'accepter ces différences ; elle encourage le respect, favorise l'entraide, l'empathie.

En échangeant avec des parents dans la même situation que la nôtre, nous avons pris bonne note des difficultés administratives qu'ils avaient pu rencontrer afin de nous en prémunir… Pour inscrire un enfant « ordinaire » à l'école, les démarches à effectuer sont presque automatiques. Il suffit généralement de prendre rendez-vous avec l'école au mois de juin précédant la rentrée scolaire avec un livret de famille, une carte d'identité ou la copie d'extrait d'acte de naissance ainsi qu'un document attestant que votre enfant a reçu les vaccinations obligatoires (carnet de santé). Voilà, félicitations, la place de votre enfant à l'école est garantie.

Pour Marcel, enfant extraordinaire, les démarches ont été un peu plus… fastidieuses, dirons-nous. Et si dans sa scolarité votre enfant a un jour un camarade extraordinaire dans sa classe, j'aimerais que vous sachiez à quel point il mérite sa place à l'école.

En prévision d'une rentrée en petite section de maternelle en septembre 2018, nous avons pris contact avec la directrice de la future école de Marcel dès novembre 2017, afin de se faire connaître et surtout pour tester ses réactions. Il faut savoir que certaines écoles sont encore réticentes voire complètement réfractaires à l'accueil d'enfants à particularités, et donc fermées à toute forme de diversité. C'est dingue, on est bien d'accord, mais malheureusement véridique.

Malgré une prise de contact plutôt aisée, en sortant de notre premier rendez-vous avec la directrice, Sylvain et moi étions un peu sceptiques. Elle semblait disposée à accueillir Marcel, mais paraissait clairement stressée par l'ensemble des démarches qu'il allait lui falloir effectuer – et qu'elle ne maîtrisait pas plus que nous. Ensemble, nous avons fait le point sur ce que nous avions respectivement compris à l'occasion de nos recherches : qui, quoi, comment et quand.

Avouons que pour tout le monde, et en dépit de la bonne volonté de la plupart des acteurs du système, c'est un peu le bazar et le plus souvent pas très clair, comme s'il n'y avait pas de capitaine pour guider le navire… Pour exemple, Marcel est toujours sur liste d'attente du SESSAD (malgré son inscription dès novembre 2015, soit trois semaines après sa naissance), alors que c'est habituellement ce service qui joue le rôle de coordinateur dans les démarches de l'inscription à l'école. Comment voulez-vous que ça fonctionne correctement ?

Surtout que la nomenclature des formulaires à remplir est d'une opacité certaine... Attention, c'est parti pour les sigles incompréhensibles à n'en plus finir : accrochez-vous !

Après « quelques » coups de téléphone et des échanges d'e-mails, nous organisons un point à la crèche mi-décembre avec ceux que nous appelons dans le jargon « une équipe éducative ». Les professionnels gravitant autour de Marcel font le point sur ses compétences, ses progrès, mais aussi et surtout ils identifient les obstacles aux apprentissages dans le milieu scolaire.

Pour nous, parents, cela peut parfois être blessant car le doigt est placé là où ça fait mal, c'est-à-dire sur les difficultés rencontrées et le décalage avec ce que les enfants du même âge font « normalement ». Mais ce bilan est nécessaire, car l'équipe éducative renseigne un formulaire Geva-Sco* qui évalue les besoins de l'élève en situation de handicap. Il détermine les besoins en matériel adapté, en aménagements pédagogiques, en transport, etc. et appuiera surtout la demande d'un AESH* (le nouveau nom des AVS*) pour accompagner Marcel en classe.

Afin de savoir plus précisément quels éléments envoyer à la MDPH pour appuyer cette demande, j'ai pris contact avec une assistante sociale du

CAMSP qui m'a aidée à renseigner le fameux dossier et notamment la partie « Projet de Vie ». Un lourd dossier que nous avions déjà rempli à la naissance de Marcel afin d'obtenir la reconnaissance de son handicap.

Au final, un dossier d'une vingtaine de pages rassemblées et transmises par lettre recommandée avec accusé de réception à la MDPH en février 2018.

Il ne faudra que quelques jours pour que la MDPH accuse réception de notre dossier en nous précisant qu'il est bien complet. Ouf.

Près de trois mois passent.

Par courrier daté du 26 avril 2018, la MDPH nous adresse une proposition élaborée par l'équipe pluridisciplinaire ayant procédé à l'évaluation de la situation et nous précise qu'elle sera « examinée par la Commission des droits et de l'autonomie des personnes handicapées le 17 mai ». Nous devons formuler notre accord, notre désaccord ou nos observations sur cette proposition dans un délai de quinze jours : « Accord auxiliaire de vie scolaire individuel sur la moitié du temps de présence scolaire. » Cette dernière nous convient. Fort heureusement car le courrier est arrivé pendant mon séjour à la maternité, pour la naissance de Basile. J'avais de nouvelles priorités.

Le 18 mai, la MDPH nous notifie l'accord d'un AESH jusqu'en juillet 2021 sur la moitié du temps de présence scolaire. Victoire ! Il ne reste plus qu'à le recruter, cet AESH… Car, selon cette notification, « la mise en œuvre de l'ouverture de ce droit n'est pas de la compétence de la MDPH. Pour toute question relative à l'affectation de l'AESH, merci de prendre contact avec l'établissement scolaire. L'affectation sera prononcée par la direction des services départementaux de l'Éducation nationale ». Il va encore falloir remonter nos manches…

Au même moment, la directrice de l'école nous propose d'assister à une rentrée des classes à 8 h 30. Dans la classe de Marcel, nous faisons la connaissance de sa future maîtresse et constatons avec bonheur l'aisance de notre petit garçon. Il s'est tout de suite séparé de moi pour s'installer à une table avec un livre au milieu des petits élèves ! Je vous laisse deviner qui était le plus impressionné et ému entre Marcel et ses parents… Des larmes de bonheur et surtout de soulagement ont roulé sur mes joues.

Ce même jour, nous sommes aussi conviés par Laurence, la référente des ATSEM* (qui nous connaissait déjà grâce aux réseaux sociaux), à la fête de fin d'année de l'école. Quel réconfort de savoir que Marcel est vivement attendu par toute l'équipe.

Le jeudi 28 juin, après une kyrielle d'échanges téléphoniques et électroniques se tient une deuxième réunion avec l'équipe éducative, à l'école cette fois. Depuis le début des démarches, fin 2017, les besoins et les capacités de Marcel ont énormément évolué. Il a notamment acquis la marche, un progrès non négligeable qui nous permet de nous projeter davantage sur sa future rentrée.

Nous devons mettre en place son planning : ce n'est pas parce que Marcel ira désormais à l'école que ses autres obligations hebdomadaires vont disparaître comme par magie. Nous décidons conjointement avec l'équipe éducative de commencer progressivement.

Les lundis, avec les deux rendez-vous chez l'orthophoniste puis la psychomotricienne qui prennent toute la matinée, Marcel n'ira ni à l'école ni à la crèche. Il restera avec moi. Ses mardis et ses mercredis, Marcel les passera à la crèche car la deuxième kiné qui le suit peut s'y déplacer pour sa séance hebdomadaire. Lorsque Marcel n'ira plus à la crèche, il faudra de nouveau que je l'accompagne au cabinet de kinésithérapie, à l'autre bout de la ville… j'hésite à me réorienter et prendre une licence de taxi. Qu'en pensez-vous ?

Il a donc été convenu que Marcel passerait ses jeudis et vendredis à l'école, à condition que tout se passe bien et qu'on trouve un AESH. À ce stade de nos démarches administratives et malgré la notification – c'est-à-dire l'accord de la MDPH –, peut-être que personne ne sera là pour l'accompagner le jour de la rentrée… « L'école pour tous », c'est très beau sur le papier, mais en vrai, ce n'est pas si évident. Si l'accès à l'école ne peut en effet pas être refusé à un enfant qui ne serait pas accompagné d'un AESH, il faut se mettre à la place de l'équipe enseignante : sans cette aide individualisée, comment assurer la bonne tenue d'une classe lorsqu'un élève demande un peu plus d'attention ? Ne sachant pas comment Marcel évoluera dans ce nouvel environnement, sera-t-il toléré en cas d'absence d'accompagnement individualisé ? Seul l'avenir nous le dira.

C'est la rentrée !

Ce matin, après un rapide « au revoir » à Papa et Maman, et un bisou express à Basile, hop, j'ai fait ma rentrée des classes. Sans une seule larme ! Quand Maman m'a demandé au réveil si j'étais content d'aller à l'école, j'ai répondu un grand « oui » que j'ai complété avec un « super » du pouce levé... au cas où ils n'auraient pas bien compris !

Le lundi 3 septembre 2018, sapé comme jamais, son petit sac à dos rayé sur les épaules, Marcel pose pour le classique mais incontournable cliché de la rentrée scolaire. Il semblait si fier lorsque nous lui avons dit : « Marcel, on va à l'école ! » Il nous a fait de sa petite main potelée le signe « super », pouce en l'air. Quel bonheur de voir le chemin parcouru. Et de le sentir capable d'intégrer cette classe.

Ce jour-là, nous n'avions aucune certitude quant à la présence de ce fameux AESH qui nous avait été accordé. En l'occurrence, il n'était pas là... Peinés et inquiets par cette absence, Sylvain et moi avons pourtant pris cela très vite comme une chance pour Marcel. L'école nous montrait sa réelle volonté d'accueillir Marcel avec ou sans accompagnant. Il commençait donc sa scolarité comme tous ses petits copains, c'est-à-dire seul dans ce nouvel environnement, à faire ses marques, à créer des affinités avec les autres, à apprendre à devenir un élève. Une nouvelle victoire pour notre petit garçon.

Lorsqu'un matin de novembre j'ai appris qu'un AESH était arrivé pour Marcel, je n'y étais plus prête. Je n'étais plus prête à accepter que Marcel soit accompagné. L'arrivée de l'accompagnante dans la classe signifiait une chose : Marcel était un élève différent. Je n'ai pu retenir mes larmes de tristesse et de déception. Marcel avait fait énormément de progrès, dont nous étions très fiers, mais pour nous, ses parents, cela signifiait que ces derniers n'étaient pas suffisants pour que les autres le considèrent capable de faire une petite section de maternelle tout seul. C'est vraiment son handicap qui me sautait à la figure.

Rapidement, pourtant, nous avons constaté l'avantage pour Marcel. L'AESH l'aidait dans certaines activités et veillait à ce qu'il reste concentré sur les ateliers, et, en plus, c'était la fille de la maîtresse. Elle avait entendu parler de Marcel depuis quelques mois déjà et appris les bases de la langue des signes avec sa mère pour communiquer avec lui. C'était surtout l'assurance d'une bonne entente et d'objectifs communs entre la maîtresse et l'accompagnante.

Quand cette gentille AESH est partie après un mois et demi auprès de Marcel pour continuer ses études, la maîtresse a décidé, constatant les progrès de Marcel, qu'elle ne ferait appel à une nouvelle accompagnante à la rentrée de janvier 2019 que pour les exercices en salle de motricité et quelques activités dans la classe mais qu'en règle générale, agissant comme un élève normal, il resterait non-accompagné. Encore une victoire !

*

Contrairement à la crèche qui nous délivre chaque soir un compte-rendu détaillé de la journée, nous n'avons aucun retour sur sa journée à l'école. Comme la plupart de ses petits copains de classe, Marcel ne nous parle pas de son quotidien. Nous ne connaissons pas le prénom des enfants avec lesquels il préfère jouer, nous ne savons pas ce qu'il a mangé à midi, nous ne savons pas s'il a fait du découpage, du collage, de la peinture ou de la pâte à modeler. Heureusement Brigitte et Émeline, les ATSEM formidables de cette école, prennent toujours quelques minutes pour nous dire que Marcel a passé une bonne journée, qu'il les a encore fait bien rire, qu'il a été coquin et qu'il a bien joué avec les autres élèves. Pour nous, c'est le principal. Et souvent – je sais que nous sommes des privilégiés –, nous recevons discrètement des clichés adorables de Marcel en train de faire le pitre avec elles ! Cela nous met toujours du baume au cœur de voir que ce petit bonhomme haut comme trois pommes est bien entouré, protégé, et que dans cette école, il sera toujours soutenu et très certainement mis en avant par le personnel.

Chaque matin, lorsque nous arrivons à l'école, Basile dans une main et Marcel dans l'autre, à un rythme d'escargot car ils ne sont ni grands marcheurs ni très rapides, les enfants attendent leur copain. Depuis l'extrémité de la cour, garçons et filles clament haut et fort son prénom : « Marcel ! Marcel ! » C'est attendrissant, adorable et émouvant. Même si Marcel, à 8 h 30, encore tout ensommeillé, n'est pas spécialement réceptif… À tous les parents qui lisent ce livre, s'il vous plaît, encouragez vos enfants à ne jamais arrêter ce rituel, même si Marcel fait souvent une moue boudeuse à cette heure-là ; j'aime tellement le savoir chouchouté par les grands. Et je suis sûre que Marcel est ravi d'avoir tous ces grands autour de lui pendant les récréations.

Comme la plupart des parents, Sylvain et moi travaillons tous les deux, alors Marcel participe au temps d'accueil périscolaire puis à la garderie après l'école. Je sais qu'il y est très heureux et que la chanson « Dans mon pays d'Espagne » qui finit par « Olé ! » lui plaît particulièrement. Chaque soir, lorsque nous lui demandons s'il a passé une bonne journée à l'école, il nous répond en levant les bras : « Olé ! »

Grâce aux réseaux sociaux, nous avions échangé avec des futurs parents d'élèves de l'école de Marcel avant la rentrée et nous avions même organisé à la maison un goûter avec deux autres familles du quartier pour que Marcel fasse la connaissance de Timothée et Lucien. Quel soulagement, pour nous, parents, de savoir que nous aurions le soutien des autres familles de l'école !

Courant septembre, la maîtresse a proposé aux parents une rencontre pour exposer le programme de petite section de maternelle. L'occasion pour nous de nous présenter et de dire aux autres parents de ne pas hésiter à nous poser des questions sur le handicap de notre fils. Il n'y a pas de tabous, nous sommes là pour en parler, pour informer, pour échanger. Les parents ayant déjà un enfant scolarisé dans cette école avaient déjà entendu parler de la trisomie 21 et de Marcel car, en mars 2018, nous n'avions pas hésité à transmettre à la directrice des affiches pour la Journée mondiale qui les avait immédiatement placardées sur les murs. Beaucoup d'élèves connaissaient et attendaient Marcel pour cette raison.

*

La première fois que nous avions mis les pieds dans cette petite école de quartier, j'avais eu un peu peur. La vétusté des locaux, la grandeur de la cour de récréation, le toboggan avec un escalier non sécurisé ou du moins pas assez pour la motricité de Marcel, les quelques marches qui mènent à la cantine, les toilettes, et pas de table à langer – car Marcel portait encore des couches lorsque nous avions entamé les démarches pour l'inscrire. En septembre 2018, nous avons fait part de notre crainte par rapport à la propreté à l'ATSEM de la classe. Cette dernière, toujours très rassurante, nous avait dit : « Mais vous savez, il y a peu d'enfants en petite section qui sont vraiment propres. Nous sommes là pour ça, nous accompagnerons Marcel aux toilettes s'il le faut, il n'y a pas de problème. » Un poids et une pression en moins !

Nous avons commencé à intégrer à son quotidien le pot dès ses premiers pas en février. Au départ, nous n'étions pas très rigoureux et présentions le pot quand nous y pensions. Mais très rapidement nous l'avons fait chaque matin et chaque soir. À partir de novembre 2018, en accord avec la crèche et l'école, nous avons essayé de ne plus mettre de couche en journée ni même la nuit car nous avions constaté depuis un moment déjà que ses couches étaient sèches, même le matin au réveil. Et nous sommes donc très fiers de dire que notre petit Marcel est devenu propre jour et nuit le mois de ses trois ans !

Nous sommes vraiment tombés dans une école formidable avec une équipe bienveillante, des gens à l'esprit ouvert. En septembre 2019, Marcel a fait sa deuxième rentrée scolaire en moyenne section. Tout s'est parfaitement passé, puisque la veille de la rentrée, Lucie, la future maîtresse, nous a appelés pour nous dire que Marie-France, l'AESH, serait là comme convenu. En toute honnêteté, suite à sa première année passée sans embûches, nous étions vraiment confiants et sereins. Alors, avec ou sans AESH le jour de la rentrée, nous savions que Marcel serait bien encadré et que les solutions adéquates pour l'accompagner tout en permettant la bonne gestion d'une classe complète seraient trouvées.

L'école de Marcel est d'ailleurs notre principal frein à un éventuel déménagement dans le Morbihan, auquel nous songeons parfois. Trouverons-nous aussi bien ailleurs ? Nous avons conscience de notre chance.

D'autres enfants, cette année encore, n'ont pas été acceptés dans l'école de leur quartier ou n'ont pas obtenu l'accompagnement nécessaire (AESH) à leur bien-être à l'école. Qu'il s'agisse de personnes avec lesquelles j'ai échangé ou d'histoires relatées par les médias, ces « cas » sont loin d'être isolés, malheureusement.

Qui sait, peut-être que si nous déménagions nous serions confrontés à ces difficultés ? Alors, restons solidaires et ne baissons pas les bras. D'autant plus que le droit à l'éducation est fondamental : tous les enfants, sans distinction aucune, ont le droit d'être scolarisés. L'école est même devenue obligatoire à partir de trois ans…

Quand tu seras grand…

Quand tu seras grand, je te souhaite la plus belle chose, mon fils : le bonheur ! Peu importe ce que diront les gens, en plus d'avoir ta place dans nos cœurs, tu as ta place dans ce monde. Avec ton papa, nous serons toujours fiers de toi et de Basile. Toute la famille et nos amis aussi.

Quand tu seras un peu plus grand, nous espérons que tu te sentiras aussi bien à l'école que tu l'es aujourd'hui, qu'elle soit ordinaire ou adaptée. Nous souhaitons que les regards sur la différence continuent de changer pour que tu ne sois pas confronté aux moqueries de futurs camarades de classe. Si cela devait malheureusement arriver, nous t'apprendrons à te défendre avec tes mots et ton délicieux sourire, et à relativiser.

Bientôt, tu pourras choisir une ou plusieurs activités à pratiquer en dehors de l'école : nous t'imaginons déjà participant à des cours de théâtre tant ton jeu d'acteur est bluffant ! Ou peut-être choisiras-tu le cirque : avec ton potentiel clownesque, tu seras parfait ! Et si tu préfères la danse ou la musique, pas de problème ! Lorsque j'étais enceinte de toi, je m'étais imaginé t'inscrire à des cours d'anglais pour tout-petits. Et puis, à ta naissance, nous nous étions dit que se concentrer sur le français, ce serait déjà pas mal… Mais après quatre ans d'expérience à tes côtés, je suis certaine que tu aimeras apprendre cette nouvelle langue, alors ne sois pas surpris si l'année prochaine je craque et t'y inscris !

Quand tu seras devenu ado puis jeune adulte, quoi que tu décides de faire – en espérant de toutes mes forces que des opportunités et l'inclusion de notre société future le permettront –, nous te souhaitons d'être heureux. Tu décrocheras un diplôme, ou pas, et peu importe, tu pourras vivre en autonomie ou chez nous, seul ou en colocation, en couple avec une femme ou un homme. Tu pourras travailler en ESAT* ou en milieu ordinaire, à temps partiel ou à temps plein. Tu te déplaceras en bus et en train, en avion, aussi, et tu pourras même passer ton permis de conduire. Tu seras athée ou religieux, doué en dessin ou en couture… Et comme tu auras appris l'anglais, tu pourras voyager partout dans le monde si cela te chante ! Marcel, dis-nous tout ce que tu souhaites, nous t'aiderons à le faire. Quoi qu'il arrive, nous serons là, nous te soutiendrons.

Quand nous serons vieux, ton papa et moi, j'espère que tout se passera bien pour vous, les enfants. Depuis ton premier jour, nous avons pensé à ces instants… Promis, nous mettons tout en œuvre pour que vous ne manquiez de rien.

En attendant, Basile, Marcel, nous profitons de chaque instant à vos côtés. Le temps passe si vite que je suis effrayée de vous imaginer adultes demain.

Mon cœur de maman espère que vous serez toujours aussi friands de câlins : j'aime tellement ces instants pleins de tendresse qui me gonflent de bonheur et remontent mes sourires jusqu'aux oreilles.

Mes choubidoux d'amour, comme je vous aime !

Maman.

Glossaire

AEEH : allocations d'éducation de l'enfant handicapé.
AESH : accompagnant d'élève en situation de handicap (anciennement appelé AVS).
AJPP : allocation journalière de présence parentale.
ALD : affection de longue durée.
ATSEM : agent territorial spécialisé des écoles maternelles.
AVS : auxiliaire de vie scolaire (voir AESH).
CAF : caisse d'allocations familiales.
CAMSP : centre d'action médico-sociale précoce.
CDAPH : commission des droits et de l'autonomie des personnes handicapées.
CDAS : centre départemental d'action sociale.
CLIS : classe pour l'inclusion scolaire (devenue ULIS le 1er septembre 2015).
CPAM : caisse primaire d'assurance maladie.
DPNI : dépistage prénatal non invasif.
ESAT : établissement et service d'aide par le travail.
Geva-Sco : guide d'évaluation des besoins de compensation en matière de scolarisation.
IME : institut médico-éducatif.

IMG : interruption médicale de grossesse.

MDPH : maison départementale des personnes handicapées.

PCH : prestation de compensation du handicap.

PMI : Protection maternelle et infantile.

SESSAD : Service d'éducation spéciale et de soins à domicile.

ULIS : Unité localisée pour l'inclusion scolaire (voir CLIS).

Remerciements

Tout d'abord un immense merci à Claire, mon éditrice, qui, charmée par Marcel et notre famille, m'a fait confiance pour la rédaction de ce livre si personnel. Merci à Olivia pour ses précieux aiguillages dans le long travail d'écriture.

On entend généralement dans les discours de remerciements : « Je remercie mes parents sans qui je ne serais pas là aujourd'hui. » Eh bien, comme avec toi, Marcel, tout a été bousculé, inversé, renversé, chamboulé, c'est nous, tes parents, qui te remercions. Sans toi, nous n'en serions pas là aujourd'hui. Tu nous as fait grandir et nous apprenons chaque jour un peu plus à positiver, apprécier, profiter, aimer, patienter, admirer, relativiser. Ta joie de vivre, ta persévérance, ta curiosité, tes câlins et tes progrès nous comblent de bonheur et nous rendent si fiers de toi.

Mon petit Basile, pour notre plus grand bonheur, tu es venu compléter notre famille et nous remettre un peu sur le chemin de la normalité, et ça fait du bien, parfois.

Nous vous aimons tellement, les enfants. Pour tous les jours de notre vie et tous les vôtres aussi.

Nous remercions du fond du cœur notre grande famille, à commencer par *nos parents, sans qui nous ne serions pas là aujourd'hui*, et nos nombreux amis pour leur amour et leur soutien dès les premiers instants. Sans vous, nous aurions pu baisser les bras, il n'en est rien. Nous gardons les poings levés, prêts à tout affronter.

Nous ne remercierons jamais assez les professionnels de santé qui, avec amour, patience et sourires, prennent soin de notre fils et le font évoluer. Que de progrès depuis les premières prises en charge !

Marcel a la chance également d'avoir été inclus dans une super crèche, avec une super équipe et à présent d'être un élève comme les autres dans une formidable école qui l'a accueilli les bras très grands ouverts. Merci à ces deux structures.

Un coucou et un merci particulier à tous les parents d'enfants exceptionnels avec qui nous échangeons par e-mails, SMS, téléphone et que nous croisons à l'occasion de rencontres si enrichissantes. Nos modes de vie et nos caractères peuvent être complètement à l'opposé, peu importe, nous nous comprenons et nous nous soutenons.

Merci à tous nos partenaires, d'un jour ou de toujours. Grâce à vous, notre petite voix porte davantage.

Merci aux différents journalistes rencontrés qui nous ont permis de nous exprimer et de relayer notre quotidien avec le plus grand nombre.

Merci aux familles de l'association Trisomie 21 Ille-et-Vilaine de nous avoir accueillis.

Bien sûr, nous remercions tous ceux qui suivent nos aventures familiales sur les réseaux sociaux : vous êtes de plus en plus nombreux ! Vous ne mesurez sans doute pas le bien que vous nous faites. Grâce à vos messages et vos commentaires pleins de bienveillance, de soutien, de respect et d'amour, nous avons gagné en confiance et en force. Cela nous permet d'être forts pour soutenir et accompagner les nouveaux parents concernés.

Merci à tous ceux qui nous découvrent grâce à ce livre et qui vont changer leur regard sur le handicap et les différences en général.

Vive la vie ! Et vive nos différences !

Cet ouvrage a été mis en page par IGS-CP
à L'Isle-d'Espagnac (16)

CET OUVRAGE
A ÉTÉ ACHEVÉ D'IMPRIMER
SUR ROTO-PAGE
PAR L'IMPRIMERIE FLOCH
À MAYENNE EN FÉVRIER 2020

N° d'édition : L.01ELKN000780.N001. N° d'impression : 95835
Dépôt légal : mars 2020
Imprimé en France